VITA NOVA

VITA NOVA

DANTE ALIGHIERI

VITA NOVA

ILLUSTRÉE PAR MAURICE DENIS

Traduite par Henry Cochin

PARIS

LE LIVRE CONTEMPORAIN

MCMVII

LE TRADUCTEUR AU LECTEUR

La Vita Nova *est un « petit livre » où Dante a encadré, commenté & symbolisé un certain nombre de sonnets & de chansons composés en sa jeunesse, depuis sa dix-huitième année, à la louange d'une amante poétique. Il nous a fait savoir que cette dame s'appelait Béatrice & qu'elle était Florentine; Boccace a dit qu'elle était la fille d'un citoyen de Florence noble & pieux, Folco Portinari. Le « petit livre » est dédié à celui que Dante appelait « le premier de ses amis », c'est-à-dire à Guido, fils de Messer Cavalcante de' Cavalcanti, dont il est parlé au Chant X de l'*Enfer.

La Vita Nova *est un singulier mélange de fiction & de vérité, de faits évidemment imaginaires & de scènes réelles de la vie quotidienne, sincèrement & simplement rapportées. Elle contient même, sous le voile d'une quintessence astrologique & géométrique, des précisions de chronologie. On peut jusqu'à un certain point dater la* Vita Nova. *Le récit a pour point de départ la première rencontre de Dante âgé de neuf ans avec l'enfant Béatrice, & il est possible de supposer (par ce que nous pouvons croire de l'âge de Dante) que cette rencontre eut lieu en 1274. Il a pour point central la mort de Béatrice, pour laquelle, en termes embrouillés mais encore intelligibles, nous est indiquée la date du 8 juin 1290. D'ailleurs, au premier chapitre de son* Convivio, *Dante nous a informés de l'époque où la* Vita Nova *fut composée : « C'était, dit-il, à l'entrée de ma jeunesse ». Or cela n'est pas un renseignement vague. Dante, d'après les auteurs anciens, assignait des limites fixes aux âges successifs de la vie. Il veut dire qu'il écrivit à vingt-six ans, ou vingt-sept tout au plus, c'est-à-dire sans doute en 1291 ou 1292.*

B.

N'y a-t-il rien dans la Vita Nova *qui contrarie cette précision, & n'y peut-on noter la trace de souvenirs qui nous reporteraient à des dates plus récentes? On l'a cru parfois : ces Pèlerins que nous voyons paßer (en un des plus sublimes chapitres de la fin du livre), on a pensé qu'ils allaient à Rome pour le Jubilé de Boniface VIII, & c'est-à-dire en l'an 1300. Mais en regardant de plus près, on s'aperçoit qu'il n'en est rien. Il ne s'agit pas de pèlerins du Jubilé, mais de pèlerins comme l'Italie en voyait paßer tous les ans, & qui se dirigeaient vers le Latran, pour vénérer, entre autres insignes reliques, le Voile de Véronique.*

Mais si cet anachronisme nous fait défaut, d'autres demeurent, & le lecteur attentif les reconnaîtra chemin faisant : ce sont les allusions manifestes à la Divine Comédie. *Elles ne nous porteront pas à croire que Dante ait écrit la* Vita Nova *postérieurement à l'époque qu'il nous a lui-même indiquée, mais elles nous démontrent au moins ceci : après le moment où son esprit avait conçu & entrepris l'immense poème, il lui arrivait encore de retoucher le petit livre de sa jeuneße; il ne le considérait pas comme achevé. Il pouvait l'avoir encore en mains après « le milieu du chemin de sa vie », au temps des cruelles souffrances & des luttes atroces de la politique, en ces jours mêmes où l'exil & le malheur sans rémißion allaient tourner définitivement sa pensée vers la grande poésie allégorique & philosophique, vers la recherche finale de la Béatitude.*

On ne sera donc pas surpris de voir la direction qu'a prise forcément le récit naïf de la Vita Nova. *On s'apercevra vite qu'elle est une des avenues qui conduisent à la* Divine Comédie.

Tous les poètes de l'époque de Dante & de l'âge suivant ont cru & profeßé que toute poésie doit avoir un sens caché. Boccace, qui était exceßif dans ses termes, va jusqu'à dire qu'il faudrait être imbécile pour ne pas chercher dans un poème un autre sens que le sens littéral indiqué par les mots. La Vita Nova *est éminemment un livre symbolique, & si nous ne le savions pas, Dante nous le dirait explicitement dans le curieux chapitre où il fixe les règles du symbole & de l'allégorie. Il n'est pas nécessaire selon lui que chaque lecteur devine exactement quel sens le poète a caché sous les mots, pourvu toutefois que lui-même le sache bien.*

Tel est le cas pour la Vita Nova. *Elle est un poème symbolique, &, comme tout poème symbolique, elle fait découvrir une pensée métaphy-*

sique sous une matière réelle. La matière réelle eſt ici très aisée à reconnaître : c'eſt la jeuneſſe de Dante, son amour poétique, sa carrière de poète courtois. *En sa jeuneſſe, à Florence, il fit des vers pour une Béatrice, jeune fille belle à merveille, & parée des vertus, dit-il, qui sont les plus précieuses au monde à trouver en une dame.*

Ces vers, dès le début, durent avoir un tour allégorique & philosophique, car c'était là la mode poétique de l'époque; cette mode heureuse que Dante a désignée sous le nom de dolce stil novo, *transformait alors, & renouvelait, pour une glorieuse efflorescence, les vieilles ritournelles un peu usées des premiers poètes amoureux. Il était en outre naturel & conforme à l'usage que le poète voulût expliquer ses vers pour le lecteur à l'aide d'un commentaire en prose. C'était la tradition des poètes provençaux & des anciens Italiens; les développements en prose de la* Vita Nova *reſſemblent par la forme aux* ragioni, *ou arguments, en usage dans la poésie du moyen âge. Mais Dante voulut mieux faire : rejoindre les* ragioni *les unes aux autres, coordonner ainsi le plus grand nombre des poèmes semi-allégoriques de sa jeuneſſe amoureuse, leur trouver ou leur donner un sens général philosophique. « La grande nouveauté, dit Francesco Flamini, c'était d'avoir ramaſſé en un « petit livre » la fleur des rimes écrites pour la « Dame de ses pensées »; de les avoir expliquées au moyen de* ragioni *qui fuſſent de nature à les relier & à en faire un récit suivi & ordonné, d'avoir adapté les vers & la prose à une pensée unique, qui peu à peu va se développant. Cette pensée, qui tiendra tant de place dans la* Divine Comédie, *c'eſt la transfiguration de la Dame en le plus haut des symboles. »*

Vita Nova *veut dire* Jeunesse *& nulle autre chose, & non pas, comme on l'entend le plus souvent, « Vie renouvelée » ou « régénérée ». Si l'on pouvait avoir à ce sujet quelque doute, on devrait se reporter à la fin du Chant XXX du* Purgatoire, *où Béatrice, avant d'accorder à Dante son pardon, rappelle toutes les circonſtances de sa jeuneſſe, & se sert de l'expreſſion même* vita nova. *Les vers du* Purgatoire *sont d'ailleurs le résumé parfait de l'allégorie de la* Vita Nova. *Cette allégorie eſt fondée sur la consonance du nom de* Béatrice *avec le mot* Béatitude. *Dante n'eſt pas le premier à avoir joué sur cette consonance; mais elle convenait ſpécialement à son deſſein. Il conçoit toute sa vie morale comme* une immense entreprise à la recherche de la Béatitude. Il en touchera le terme, lorsqu'au septième ciel il aura vu Béatrice reprendre sa place parmi les Dames de la vie contemplative, auprès de l'antique Rachel. Il en marque le point de départ en son enfance même, lorsque l'image de la Béatitude lui apparut tout d'abord dans l'ineffable attrait de la beauté virginale. Tel est le fond de son récit. Les détails en sont palpitants de vie & de beauté plastique; car c'est là le don spécial de ce merveilleux peintre.

Peut-on suivre, point par point, le sens mystique? Beaucoup se le sont demandé & il y a sur la matière toute une littérature. Il n'est pas pourtant de recherche plus fréquemment inutile. Ce que l'on sait, & que j'ai ici sommairement rappelé, suffit & au delà pour goûter le charme exquis du petit livre, & en recevoir les graves leçons. Le drame se déroule avec une clarté parfaite, entremêlé de scènes réelles & de songes : Poèmes sur l'amour du poète, les grâces qui l'ont inspiré, rencontres, saluts, sourires, les souffrances d'amour; — ensuite poèmes d'un autre ordre, tous désormais à la louange unique de Béatrice, où le poète oublie & lui-même & son bonheur & sa vie, pour louer seulement la beauté de sa Dame; — enfin mort de Béatrice, douleur & vie inquiète de l'amant, qui, après s'être laissé aller quelque temps à chercher partout la consolation & le changement pour ses tristes pensées, revient enfin à la vision seule de sa Dame, & se propose, par la grâce du Dieu tout-puissant, de « dire d'elle cela qui jamais ne fut dit d'aucune ».

On devine d'avance toute la difficulté d'un texte où la langue est toute personnelle, neuve, imprévue, & où sont exprimées sans cesse des choses si singulières & si différentes les unes des autres. Ce texte tout d'abord n'est pas tout à fait assuré. On ne possède aucun manuscrit antérieur à la seconde moitié du XIVe siècle. M. Barbi prépare une édition critique avec tout l'appareil précis de l'érudition moderne. On ne sait encore quand il pourra la faire paraître. Mais il a déjà fait connaître quelques-uns des résultats principaux de son travail, & le plus récent éditeur a pu les utiliser. Nous sommes du moins assurés que le texte définitif se rapprochera complètement de celui d'un manuscrit qui est à Rome dans la Bibliothèque du prince Chigi. C'est d'après ce manuscrit qu'ont été établies les éditions récentes du comte Passerini & des professeurs Casini

& Melodia. Je les ai constamment suivies, tout en utilisant d'ailleurs le riche commentaire du maître Alessandro d'Ancona.

Il règne encore sur plusieurs passages une certaine incertitude. Et c'est là une première difficulté. Il en est d'autres. Le poète s'est servi sans cesse, pour envelopper mieux sa pensée, des termes, & j'allais dire du jargon de la philosophie scolastique & de l'aristotélisme de son époque. Il y a mêlé la notion des bizarres calculs & du symbolisme arithmétique que la science du moyen âge avait échafaudés autour du système astronomique attribué à Ptolémée. Cette partie surannée de la poésie de Dante lui donne sa grâce archéologique & gothique, si je puis dire. Mais on conçoit comme il est malaisé de rendre cela en notre langue. Pourtant toute la Vita Nova *est remplie de ces curiosités médiévales. Il en est une surtout qui est faite pour surprendre le lecteur moderne : c'est la* glose *que le poète ajoute à chacune de ses poésies pour en expliquer la structure & la division. Si l'on ne comprend pas que le caractère même de l'œuvre repose dans sa forme à la fois artificielle & naïve, on n'en goûtera pas le charme, car les récits simples & sublimes tour à tour de la* Vita Nova *sont tous enchâssés dans une armature complexe de scolastique & d'arithmétique. On remarquera, par exemple, que les trente & un poèmes contenus dans le livre (vingt-cinq sonnets, quatre chansons, une ballade & une stance) sont distribués d'une façon méthodique parmi les quarante-deux chapitres en prose. On rencontre d'abord dix poèmes courts, — puis une grande chanson; — quatre poèmes courts, — une grande chanson, — quatre poèmes courts; — une grande chanson — enfin dix poèmes courts.*

Une œuvre d'une nature aussi spéciale contient évidemment de grandes obscurités. On ne peut, en traduisant, que maintenir ces obscurités & poser de nouveau les questions au lecteur; souvent une recherche de clarté comporterait une interprétation & deviendrait un commentaire. C'est de quoi il faut se défendre. Le lecteur trouvera le plus fameux exemple de ces obscurités dès le premier chapitre & dans la phrase où il s'agit du nom même de Béatrice.

La nature de ces questions mènera sans doute le lecteur à en poser une autre à laquelle il faut répondre encore.

Est-il possible de traduire la Vita Nova? *Non sans doute, & moins encore que toute autre œuvre poétique. On ne pourra jamais rendre &*

l'harmonie des mots & celle des profondes pensées. Mais il a semblé que par un effort ingénu, en s'eßayant à modeler naïvement sur les mots italiens les mots de notre langue qui s'y adaptent le mieux par la mesure & par le sens, on arrivait à donner quelque idée de la beauté du poème. Et quand même on n'y aurait réußi que par moments & par fragments, on pense que ce serait déjà avoir obtenu un grand résultat. On a espéré pouvoir donner du moins du mystérieux écrit un mot à mot intelligent, *aßez éclairé des beautés de l'original pour en produire comme un reflet aux yeux du lecteur attentif.*

*Il a fallu pour ce faire, & surtout pour la traduction des vers, imposer à la langue française des brusqueries & des inversions qui ne lui sont point usuelles, au moins dans la syntaxe moderne. Ce pourquoi on a dû néceßairement donner souvent à la phrase un tour suranné, tout en se défendant de l'archaïsme; car traduire en vieux français, comme Littré le fit jadis pour l'*Enfer, *est une entreprise tout autre.*

Sans faire d'archaïsme cependant, on n'a pas cru devoir se refuser l'usage de certains mots bien connus, qui appartiennent au vocabulaire du Roman de la Rose, *tels que :* semblant & semblance, doutance, remembrer; *car à vrai dire on ne pouvait pas s'en paßer. De même on n'a pas pu éviter d'employer quelques mots dans le sens qu'ils avaient au* XIVe *siècle, & non dans celui qu'ils ont malheureusement pris aujourd'hui. De ce nombre sont :* piteux *avec plusieurs dérivés, & surtout* gentil & courtois, *pour lesquels nous n'avons pas d'équivalents.*

On n'a point d'ailleurs le désir de s'excuser. Le traducteur a fait ce travail pour lui-même. S'il le laiße sortir de ses mains, c'est pour la joie de le voir servir de motif & d'occasion aux admirables interprétations figurées qu'un peintre à l'âme sincère a tentées de l'antique poème. C'est außi, il l'avoue, avec l'espoir de rencontrer un lecteur außi naïf & außi studieux qu'il le fut lui-même. Au temps jadis, un pareil travail aurait été dédié :

CANDIDO LECTORI.

H. C.

In quella parte del libro de la mia memoria, dinanzi a la quale poco si potrebbe leggere, si trova una rubrica, la qual dice : INCIPIT VITA NOVA. Sotto la qual' io trovo scritte le parole, le quali è mio intendimento d'assemprare in questo libello, e, se non tutte, almeno la loro sentenzia.

En cette partie du livre de ma mémoire, avant laquelle peu de chose se pourrait lire, se trouve une rubrique, qui dit : INCIPIT VITA NOVA. *Sous cette rubrique je trouve écrites les paroles que mon deſſein eſt de reproduire en ce petit livre; &, sinon toutes, au moins leur sens.*

I

ove fiate già, appresso lo mio nascimento, era tornato lo cielo de la luce quasi a uno medesimo punto, quanto a la sua propia girazione, quando a li miei occhi apparve prima la gloriosa donna de la mia mente, la qual fu da molti chiamata Beatrice, li quali non sapeano che si chiamare.

Ell'era in questa vita già stata tanto, che nel suo tempo lo cielo stellato era mosso verso la parte d'oriente de le dodici parti l'una d'un grado : sí che quasi dal principio del suo anno nono

Neuf fois déjà, depuis ma naiſſance, le ciel de la lumière était revenu comme à un même point, quant à sa propre rotation, lorsqu'à mes yeux apparut premièrement la glorieuse Dame de mon âme, laquelle fut nommée Béatrice par bien des gens qui ne savaient point pourquoi ainsi la nommer.

Elle avait été déjà en cette vie aſſez pour qu'en son temps le ciel étoilé eût avancé vers le côté de l'Orient de l'une des douze parties d'un degré : si bien que presqu'au début de sa neuvième

apparve a me, ed io la vidi quasi da la fine del mio nono.

Apparve vestita di nobilissimo colore umile ed onesto sanguigno, cinta e ornata a la guisa che a la sua giovanissima età si convenía. In quel punto dico veramente che lo spirito de la vita, lo qual dimora ne la secretissima camera del mi' cuore, cominciò a tremar sí fortemente, che apparía ne li menimi polsi orribilmente; e tremando disse queste parole : *Ecce deus fortior me, qui veniens dominabitur michi.* In quel punto lo spirito animale, lo qual dimora ne l' alta camera, ne la quale tutti li spiriti sensitivi portan le loro percezioni, si cominciò a maravigliar molto, e, parlando spezialmente a li spiriti del viso, si disse queste parole: *Apparuit jam beatitudo vestra.* In quel punto lo spirito naturale, lo qual dimora in quella parte, ove si ministra 'l nudrimento nostro, cominciò a piangere, e piangendo disse queste parole : *Heu miser! quia frequenter impeditus ero deinceps.*

D' allora innanzi dico che Amore segnoreggiò la mia anima, la qual fu a lui sí tosto disponsata, e cominciò a prendere sopra me tanta sicurtade e tanta signoria, per la vertú che li dava la mia imaginazione, che mi convenía fare tutti li suoi piaceri compiutamente. E' mi comandava molte volte ch' io cercasse per vedere questa angiola giovanissima, ond' io ne la mia puerizia molte volte l' andai cercando; e vedeala di sí nobili e laudabili portamenti, che certo di lei si potea dire quella parola del poeta Omero : *Ella non parea figliuola*

année elle m'apparut, & moi je la vis presqu'à la fin de ma neuvième.

Elle apparut vêtue de très noble couleur, d'un rouge pâle & honnête, ceinte & parée en la manière qui convenait à son très jeune âge. En ce moment, je dis véritablement que l'Esprit de la Vie, qui demeure en la plus secrète chambre de mon cœur, commença à trembler si fort, qu'il se faisait sentir en les plus petites veines terriblement; & en tremblant il dit ces paroles : Ecce Deus fortior me, qui veniens dominabitur michi. *En ce moment l'Esprit animal, qui demeure dans la haute chambre, dans laquelle tous les Esprits sensitifs portent leurs perceptions, commença à s'émerveiller fort, &, parlant spécialement aux Esprits de la vue, il dit ces paroles :* Apparuit jam beatitudo vestra. *En ce moment l'Esprit naturel, lequel demeure en cette partie où s'opère notre nutrition, commença à pleurer, & en pleurant il dit ces paroles :* Heu miser! quia frequenter impeditus ero deinceps.

Depuis lors, je dis qu'Amour gouverna mon âme, laquelle lui fut aussitôt mariée; & il commença à prendre sur moi telle assurance & telle seigneurie, par la vertu que lui donnait mon imagination, qu'il me fallait complètement faire toutes ses volontés. Il me commandait maintes fois que je cherchasse à voir cette ange toute jeune : aussi, dans mon enfance, bien des fois je l'allai cherchant; & la voyais de façons si nobles & si louables que certes on pouvait dire d'elle cette parole du poète Homère : Elle ne parais-

d'uom mortale, ma di dio. E avvegna che la sua imagine, la qual continuamente stava meco, fosse baldanza d'Amore a segnoreggiare me, tuttavia era di sí nobilissima vertú, che neun' ora sofferse ch' Amore mi reggesse sanza 'l fedel consiglio de la ragione, in quelle cose là ove cotal consiglio fosse utile a udire. E però che soprastare a le passioni e atti di tanta gioventudine pare alcun parlare fabuloso, mi partirò da esse; e, trapassando molte cose le quali si potrebbero trarre da l'esemplo onde nascono queste, verrò a quelle parole, le quali sono scritte ne la mia memoria sotto maggiori paragrafi.

sait pas fille d'un homme mortel, mais de Dieu. *Et encore que son image, qui continuellement reſtait avec moi, fît l'aſſurance d'Amour à me gouverner, pourtant elle était de si noble vertu que jamais elle ne souffrit qu'Amour me dirigeât sans le fidèle conseil de la raison, dans les choses où tel conseil pouvait être utile à entendre. Et parce que s'arrêter aux paſſions & actes d'un âge si juvénile c'eſt paraître raconter des fables, je m'en départirai; & paſſant maintes choses qui pourraient être tirées du livre d'où sont nées ces paroles-ci, je viendrai à celles qui sont écrites en ma mémoire sous de plus grands paragraphes.*

II

oi che fuoro passati tanti dí, che appunto eran compiuti li nove anni appresso l'apparimento soprascritto di questa gentilissima, ne l'ultimo di questi dí avvenne, che questa mirabile donna apparve a me vestita di colore bianchissimo, in mezzo di due gentili donne, le quali erano di piú lunga età; e, passando per una via, volse gli occhi verso quella parte ov'io era molto pauroso; e per la sua ineffabile cortesia, la quale è oggi meritata nel grande secolo, mi salutò molto virtuosamente, tanto che mi parve allora vedere tutti li termini de la beatitudine.

L'ora, che 'l su' dolcissimo salutare mi giunse, era fermamente nona di

*près que se furent paſſés aſſez de jours pour que juſtement fuſſent accomplies les neuf années depuis l'apparition ci-deſſus écrite de cette Très Gentille, dans le dernier de ces jours, il advint que cette admirable Dame m'apparut vêtue de couleur très blanche, au milieu de deux gentilles dames, qui étaient d'âge plus avancé; &, paſſant par une rue, elle tourna les yeux du côté où je me trouvais, fort craintif; & par son ineffable courtoisie, qui eſt aujourd'hui récompensée dans le Grand Siècle, elle me salua, & ce salut fut d'une telle vertu qu'il me sembla voir alors toutes les limites de la béatitude.*

L'heure où son très doux salut m'arriva était exactement la neuvième

quel giorno; e però che quella fu la prima volta che le sue parole si mossero per venire a' miei orecchi, presi

de ce jour : & parce que ce fut la première fois que ses paroles sortirent pour venir à mes oreilles, j'en pris telle

tanta dolcezza, che come inebriato mi partío da le genti, e ricorsi al solingo luogo d'una mia camera, e puosimi a pensare di questa cortesissima.

douceur que, comme enivré, je m'écartai du monde, & recourus à la solitude d'une mienne chambre, & me mis à penser à cette Dame très courtoise.

III

E pensando di lei, mi sopragiunse un soave sonno, nel qual m'apparve una maravigliosa visione : chè mi parea vedere ne la mia camera una nebula di colore di fuoco, dentro a la quale i' discernea una figura d'un signore, di pauroso aspetto a chi la guardasse. E pareami con tanta letizia, quanto a sé, che mirabil cosa era : e ne le sue parole dicea molte cose, le quali non intendea, se non poche; tra le quali 'ntendea queste : *Ego dominus tuus.* Ne le sue braccia mi parea vedere una persona dormir nuda, salvo che involta mi parea in un drappo sanguigno leggeramente; la qual i' guardando molto intentivamente, conobbi ch'era la donna de la salute, la quale m'avea lo giorno dinanzi degnato di salutare. E ne l'una de le sue mani mi parea che questi tenesse una cosa, la quale ardesse tutta; e pareami che mi dicesse queste parole : *Vide cor tuum.* E quando elli era stato alquanto, pareami che disvegliasse questa che dormía; e tanto si sforzava per suo ingegno, che le facea mangiare questa cosa che 'n mano l' ardea, la quale ella mangiava dubitosamente. Appresso ciò, poco dimorava che la sua letizia si convertía in amarissimo pianto : e cosí piangendo si ricogliea questa donna ne le sue braccia, e con essa mi parea che si ne gisse verso il cielo; ond' io sostenea sí grande angoscia,

Et, pensant à elle, il me survint un suave sommeil, dans lequel m'apparut une merveilleuse vision : car il me semblait voir en ma chambre une nuée de couleur de feu, parmi laquelle je discernais la forme d'un Seigneur, d'aspect effrayant à qui le regardait. Et il me paraissait en une telle joie (quant à lui), que c'était chose admirable : & en ses paroles il disait maintes choses, que je ne comprenais pas, sauf quelques-unes; parmi lesquelles je comprenais celles-ci : Ego dominus tuus. *Dans ses bras il me semblait voir dormir une personne, qui était nue, sauf qu'elle me semblait enveloppée en un drap d'un rouge pâle; & moi la regardant très attentivement, je connus que c'était la Dame du salut, celle qui m'avait, le jour d'avant, daigné saluer. Et il me semblait qu'en une de ses mains, le Seigneur tenait une chose qui brûlait toute; & il me semblait qu'il me disait ces paroles :* Vide cor tuum. *Et quand il fut demeuré quelque temps, il me sembla qu'il réveillait celle qui dormait; & tant il s'efforçait par son esprit, qu'il lui faisait manger cette chose qui brûlait en sa main, & qu'elle mangeait avec crainte. Après cela sa joie ne tardait pas à se changer en pleurs très amers : &, pleurant ainsi, il resserrait cette Dame dans ses bras, & avec elle il me semblait qu'il s'en allait vers le ciel : d'où*

che 'l mio deboletto sonno non poteo sostenere, anzi si ruppe e fui isvegliato. E mantenente cominciai a pensare; e trovai che l' ora ne la quale m' era questa visione apparita, era la quarta de la notte stata : sicchè appare manifestamente, ch' ella fue la prima ora de le nove ultime ore de la notte.

j'endurais si grande angoiſſe, que mon débile sommeil ne la put soutenir, mais se rompit, & je fus éveillé. Et incontinent je commençai à penser; & je trouvai que l'heure en laquelle cette vision m'était apparue avait été la quatrième de la nuit : si bien qu'il appert maniſtement que ce fut la première heure des neuf dernières heures de la nuit.

Pensando io ciò che m' era apparuto, propuosi di farlo sentire a molti, li quali erano famosi trovatori in quel tempo; e, con ciò fosse cosa che io avesse già veduto per me medesimo l' arte del dire parole per rima, propuosi di fare un sonetto, nel quale io salutassi tutti li fedeli d'Amore; e, pre-

Pensant à cela qui m'était apparu, je résolus de le faire entendre à beaucoup de gens qui étaient de fameux Trouvères en ce temps. Et, vu que j'avais déjà appris par moi-même l'art de dire des paroles par rime, je résolus de faire un sonnet, en lequel je saluerais tous les fidèles d'Amour; &, les

gandoli che giudicassero la mia visione, scrissi a loro ciò ch' io avea nel mio sonno veduto; e cominciai allora questo sonetto :

priant qu'ils jugeaſſent ma vision, je leur écrivis ce que j'avais vu dans mon sommeil; & je commençai alors ce sonnet :

A ciascun'alma presa e gentil core
nel cui cospetto ven lo dir presente,
a ciò che mi rescriva in su' parvente,
salute in lor Segnor, ciò è Amore.
Già eran quasi che atterzate l'ore
del tempo che onne stella n'è lucente,
quando m' apparve Amor subitamente,
cui essenza membrar mi dà orrore.
Allegro mi sembrava Amor tenendo
meo core in mano, e ne le bracci' avea
Madonna, involta 'n un drappo, dormendo;
poi la svegliava, d' esto core ardendo
lei paventosa umilmente pascea :
appresso gir ne lo vedea piangendo.

A chaque âme éprise & gentil cœur, – aux yeux de qui viendra le présent dire, – afin qu'ils m'en récrivent en leur avis, – salut en leur Seigneur, c'eſt-à-dire Amour. — Déjà étaient paſſées à peu près les trois heures – du temps où toute étoile nous eſt brillante, – quand m'apparut Amour subitement, – dont l'être seul, à remembrer, me fait frémir. — Joyeux me semblait Amour, tenant – mon cœur en sa main, & dans les bras il avait – ma Dame, enveloppée en un drap & dormant; — puis il la réveillait, & de ce cœur brûlant – doucement il la nourriſſait effrayée : – & puis je le voyais s'en aller en pleurant.

Questo sonetto si divide in due parti : ché ne la prima parte saluto e domando risponsione, ne la seconda significo a che si dee rispondere. La seconda parte comincia quivi : *Già eran.*

Ce sonnet se divise en deux parties : en la première partie, je salue, & demande réponse; en la seconde, je fais savoir à quoi l'on doit répondre. La seconde partie commence là : Déjà étaient.

A questo sonetto fue risposto da molti e di diverse sentenzie, tra li quali fue risponditore quelli, cu' io chiamo primo de li miei amici; e disse allora un sonetto lo quale co-

A ce sonnet il fut répondu par bien des gens & de divers sentiments; & parmi ceux qui répondirent fut celui-là que je nomme premier de mes amis; & il dit alors un sonnet qui

mincia : *Vedesti al mio parere onne valore.* E questo fue quasi lo principio de l'amistà tra lui e me, quando elli seppe ch' io era quelli che li avea ciò mandato. Lo verace giudicio del detto sogno non fue veduto allora per alcuno, ma ora è manifestissimo a li piú semplici.

commence : Vedesti al mio parere onne valore. *Et ceci fut comme le principe de l'amitié entre lui & moi, quand il sut que j'étais celui qui lui avait envoyé cela. La vraie intelligence dudit songe ne fut alors aperçue par personne : mais maintenant elle est très manifeste pour les plus simples.*

IV

a questa visione innanzi cominciò lo mio spirito naturale ad essere impedito ne la sua operazione, però che l'anima era tutta data nel pensare di questa gentilissima ; ond'io divenni in picciol tempo poi di sí fraile e debole condizione, che a molti amici pesava de la mia vista : e molti pieni d'invidia già si procacciavano di sapere di me quello ch' io volea del tutto celare ad altrui. Ed io, accorgendomi del malvagio domandare che mi faceano, per volontà d'Amore, lo qual mi comandava secondo 'l consiglio de la ragione, rispondea loro, che Amore era quelli che cosí m'avea governato : dicea d'Amore, imperò ch' i' portava nel viso tante de le sue insegne, che questo non si poría ricovrire. E quando mi domandavano : — Per cui t'ha cosí distrutto questo amore? — ed io sorridendo li guardava, e nulla dicea loro.

epuis cette vision, mon Esprit naturel commença à être empêché en son opération, pour ce que l'âme était toute donnée à la pensée de cette Très Gentille; d'où je devins ensuite, en peu de temps, de si frêle & débile condition, qu'à beaucoup de mes amis je faisais peine à voir; & beaucoup, pleins de curiosité, s'efforçaient dès lors de savoir de moi ce que je voulais tenir absolument caché à autrui. Et, m'apercevant des questions malicieuses qu'ils me faisaient, moi, par la volonté d'Amour, qui me commandait selon le conseil de la raison, je leur répondais qu'Amour était celui qui m'avait ainsi gouverné : je parlais d'Amour, parce que je portais au visage assez de ses enseignes pour que cela ne se pût dissimuler. Et quand ils me demandaient : « Par qui t'a ainsi détruit cet Amour? » — moi, je les regardais en souriant, & ne leur disais rien.

V

Un giorno avvenne che questa gentilissima sedea in parte, ove s'udiano parole de la Reina de la gloria, ed io era in luogo, dal quale vedea la mia beatitudine : e nel mezzo di lei e di me, per la retta linea, sedea una gentile donna di molto piacevole aspetto, la quale mi mirava spesse volte, maravigliandosi del mio sguardare, che parea che sopra lei terminasse ; onde molti s'accorsero del

n jour advint que cette Très Gentille était aßise en un lieu où l'on entendait des paroles sur la Reine de la gloire, & j'étais en une place d'où je voyais ma béatitude; & au milieu, entre elle & moi, en ligne droite, était aßise une gentille dame, de fort plaisant aspect, laquelle me regardait très souvent, s'étonnant de mes yeux fixes, qui semblaient s'arrêter sur elle; d'où vint que plusieurs s'aperçurent qu'elle me regardait. Et

suo mirare. Ed in tanto vi fue posto mente, che, partendomi di questo luogo, mi sentío dire appresso di me: — Vedi come cotale donna distrugge la persona di costui —: e nominandola, intesi che dicea di colei, ch'era stata nel mezzo de la ritta linea la qual movea da la gentilissima Beatrice e terminava ne gli occhi miei. Allora mi confortai molto, assicurandomi che 'l mio segreto non era comunicato, il giorno, altrui per mia vista. E mantenente pensai di fare di questa gentile donna schermo de la veritade; e tanto ne mostrai in poco di tempo, che il mio segreto fu creduto sapere da le più persone che di me ragionavano. Con questa donna mi celai alquanti anni e mesi; e per più fare credente altrui, feci per lei certe cosette per rima, le quali non è mio intendimento di scriverle qui, se non in quanto facesse a trattare di quella gentilissima Beatrice; e però le lascerò tutte, salvo che alcuna cosa ne scriverò, che par che sia loda di lei.

tant on y prit garde, qu'en m'éloignant de ce lieu, j'entendis dire derrière moi : « Vois comme telle dame ravage la personne de celui-ci. » — Et quand on la nomma, j'entendis qu'on parlait de celle qui s'était trouvée au milieu de la ligne droite qui partait de la très gentille Béatrice & finißait en mes yeux. Alors je me réconfortai beaucoup, m'aßurant que mon secret ne s'était ce jour-là découvert à personne par mes regards. Et incontinent je pensai à faire de cette gentille dame un rempart pour la vérité; & j'en fis tant paraître en peu de temps, que la plupart des gens qui parlaient de moi, pensaient savoir mon secret. Grâce à cette dame, je me cachai quelques années & mois; &, pour en faire plus accroire aux gens, je fis pour elle certaines petites choses par rime, qu'il n'est pas mon intention d'écrire ici, sinon en ce qui pourrait avoir trait à cette très gentille Béatrice : & donc je les laißerai toutes, sauf que j'en écrirai certaines choses qui semblent être à la louange d'elle.

VI

ico che in questo tempo, che questa donna era schermo di tanto amore, quanto da la mia parte, sí mi venne una volontà di volere ricordare il nome di quella gentilissima, e d'accompagnarlo di molti nomi di donne, e specialmente del nome di questa gentile donna; e, presi li nomi di sessanta le piú belle donne de la cit-

Je dis qu'en ce temps où cette dame était le rempart d'un si grand amour pour ce qui me concernait, il me vint une volonté de rappeler le nom de cette Très Gentille & de l'accompagner de plusieurs noms de dames, & en particulier du nom de cette autre gentille dame; &, ayant pris les noms des soixante dames les plus belles de la ville où ma Dame fut

tade, dove la mia donna fue posta da l'altissimo sire, compuosi una pistola sotto modo di serventese, la quale io non scriverò : e no n'avrei fatto menzione se non per dire quello, che componendola maravigliosamente addivenne, ciò è che in alcuno altro numero non sofferse lo nome de la mia donna stare, se non in sul nove, tra li nomi di queste donne.

placée par le Très-Haut Seigneur, je composai une lettre sous forme de serventese, *que je n'écrirai pas ici : & je n'en aurais pas fait mention, si ce n'était pour dire ce qui en la composant m'arriva par merveille : c'est qu'en aucune autre place ne souffrit de rester le nom de ma Dame qu'en la neuvième, parmi les noms de ces dames.*

VII

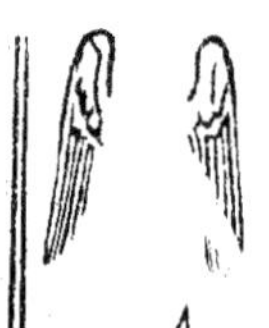

a donna, co la quale io avea tanto tempo celata la mia volontade, convenne che si partisse de la sopradetta cittade, e andasse in paese molto lontano : per che io, quasi sbigottito de la bella difesa che mi era venuta meno, assai me ne disconfortai piú ch'io medesimo non avrei creduto dinanzi. E pensando che, se de la sua partita io non parlassi alquanto dolorosamente, le persone sarebbero accorte piú tosto del mio nascondere, propuosi di farne alcuna lamentanza in un sonetto, lo quale io scriverò; acciò che la mia donna fue immediata cagione di certe parole, che nel sonetto sono, sí come appare a chi lo intende : e allora dissi questo sonetto che comincia :

La dame, grâce à laquelle j'avais si longtemps caché ma volonté, dut s'éloigner de la susdite ville & aller en pays très lointain : c'est pourquoi, presque effrayé de voir qu'une si belle défense me faisait defaut, très fort m'en désolai, plus que moi-même je ne l'aurais cru auparavant. Et pensant que si je ne parlais de son départ un peu douloureusement, les gens s'aviseraient plus tôt de mon secret, je me proposai d'en faire quelque lamentation en un sonnet que j'écrirai ici; car ma Dame fut l'occasion immédiate de certaines paroles qui sont dans le sonnet, comme il apparaît à qui le comprend : & alors je dis ce sonnet qui commence :

O voi, che per la via d'Amor passate,
attendete, e guardate
s'egli è dolore alcun, quanto 'l mio grave :
e prego sol, ch'audir mi sofferiate;

O vous qui par la voie d'Amour passez, – regardez & voyez – s'il est douleur aucune lourde autant que la mienne : – & vous prie seulement que m'ouïr

e poi imaginate
s'io son d'ogne tormento ostale e chiave.
Amor, non già per mia poca bontate,
ma per sua nobiltate,
mi pose in vita sí dolce e soave,
ch'i' mi sentía dir dietro spesse fiate :
— Deo! per qual dignitate
cosí leggiadro questi lo cor have! —
Or ho perduta tutta mia baldanza,
che si movea d'amoroso tesoro;
ond'io pover dimoro
in guisa, che di dir mi vien dottanza.
Sí che, volendo far come coloro,
che per vergogna celàr lor mancanza,
di fuor mostro allegranza,
e dentro da lo core struggo e ploro.

souffriez; – & puis figurez-vous – si je suis de tous les tourments la demeure & la clef. — Amour, non certes pour mon peu de vertu, – mais pour sa noblesse, – m'a mis en une vie si douce & suave, – que je m'entendais dire derrière moi maintes fois : – « Dieu! pour quel mérite – peut avoir celui-ci le cœur si gracieux? » — Or j'ai perdu toute mon assurance – qui venait d'amoureux trésor; – & donc pauvre je demeure, – en telle guise que de parler me vient doutance. — Aussi, voulant faire comme ceux – qui par honte ont caché leur faiblesse, – au dehors je montre allégresse – & au dedans du cœur je me consume & pleure.

Questo sonetto ha due parti principali : ché ne la prima intendo chiamare li fedeli d'Amore per quelle parole di Geremia profeta che dicono : *O vos omnes, qui transitis per viam, attendite & videte, si est dolor sicut dolor meus*; e pregare che mi sofferino d'audire. Ne la seconda narro là ove Amore m'avea posto, con altro intendimento che l'estreme parti del sonetto non mostrano : e dico ch'i'ho ciò perduto. La seconda parte comincia quivi : *Amor non già*.

Ce sonnet a deux parties principales : car en la première j'entends appeler les fidèles d'Amour par ces paroles de Jérémie prophète qui disent : O vos omnes qui transitis per viam, attendite & videte, si est dolor sicut dolor meus; *& les prier qu'ils souffrent m'écouter. En la seconde je narre où Amour m'avait placé, mais en un autre sens que ne le font entendre les deux extrémités du sonnet; & je dis ce que j'ai perdu. La seconde partie commence là :* Amour non certes.

VIII

Appresso lo partire di questa gentil donna, fu piacere del signore de li angeli di chiamare a la sua gloria una donna giovane e di gentile aspetto molto, la quale fu assai graziosa in questa sopradetta cittade; lo cui corpo io

Après le départ de cette gentille dame, il plut au Seigneur des Anges d'appeler à sa gloire une dame jeune & de fort gentil aspect, laquelle avait été très en grâce dans cette susdite ville; & je vis son corps gisant sans âme, au milieu de nombreuses

vidi giacere sanza l' anima in mezzo di molte donne, le quali piangeano assai pietosamente. Allora, ricordandomi che già l'avea veduta fare compagnia a quella gentilissima, non poteo sostenere alquante lagrime; anzi piangendo mi pro-

dames qui pleuraient très piteusement. Alors me souvenant que je l'avais jadis vue faire compagnie à cette Très Gentille, je ne pus retenir quelques larmes; & lors, pleurant, je me proposai de dire quelques paroles de sa mort, en

puosi di dire alquante parole de la sua morte in guiderdone di ciò, che alcuna fiata l'avea veduta con la mia donna. E di ciò toccai alcuna cosa ne l'ultima parte de le parole ched io ne dissi, sí come appare manifestamente a chi lo 'ntende : e dissi allora questi due sonetti; de li quali comincia il primo *Piangete amanti*, il secondo *Morte villana*.

récompense de ce que parfois je l'avais vue avec ma Dame. Et de cela je touchai quelque chose en la dernière partie des paroles que j'en dis, comme il paraît clairement à qui les comprend : & je dis alors ces deux sonnets, desquels le premier commence : Pleurez, amants, *& le second :* Mort vilaine.

Piangete, amanti, poi che piange Amore,
udendo qual cagion lui fa plorare :
Amor sente a pietà donne chiamare,
mostrando amaro duol per li occhi fore;
perchè villana morte in gentil core
ha messo il suo crudele adoperare,
guastando ciò ch'al mondo è da laudare
in gentil donna, fora de l' onore.
Udite quanto Amor le fece orranza;
ch' io 'l vidi lamentare in forma vera
sovra la morta imagine avvenente,
e riguardava verso 'l ciel sovente,
ove l' alma gentil già locata era,
che donna fue di sí gaia sembianza.

Pleurez, amants, puisque pleure Amour, – en apprenant quelle cause le fait pleurer : – Amour entend gémir dames à grand'pitié, – montrant deuil amer au dehors par les yeux; — parce que la mort vilaine en un gentil cœur – a mis son œuvre cruel, – gâtant ce qui au monde est à louer – en une gentille dame, fors l'honneur. — Écoutez combien Amour lui fit hommage : – car je l'ai vu se lamenter, en ses traits véritables, – sur la gracieuse figure morte; — & il regardait vers le ciel souvent – où était déjà placée l'âme gentille – de celle qui fut dame de si gaie semblance.

Questo primo sonetto si divide in tre parti. Ne la prima chiamo e sollicito li fedeli d'Amore a piangere; e dico del signore loro che piange, e dico udendo la cagione perch' e' piange, acciò che s'acconcino piú ad ascoltarmi; ne la seconda narro la cagione; ne la terza

Ce premier sonnet se divise en trois parties. En la première j'appelle & sollicite les fidèles d'Amour à pleurer; & je dis de leur Seigneur qu'il pleure, & je dis la cause pourquoi il pleure, afin que l'apprenant ils se disposent mieux à m'écouter; en la seconde je narre cette

parlo d'alcuno onore, che Amor fece a questa donna. La seconda parte comin-

cause; en la troisième, je parle de certain hommage qu'Amour fit à cette dame.

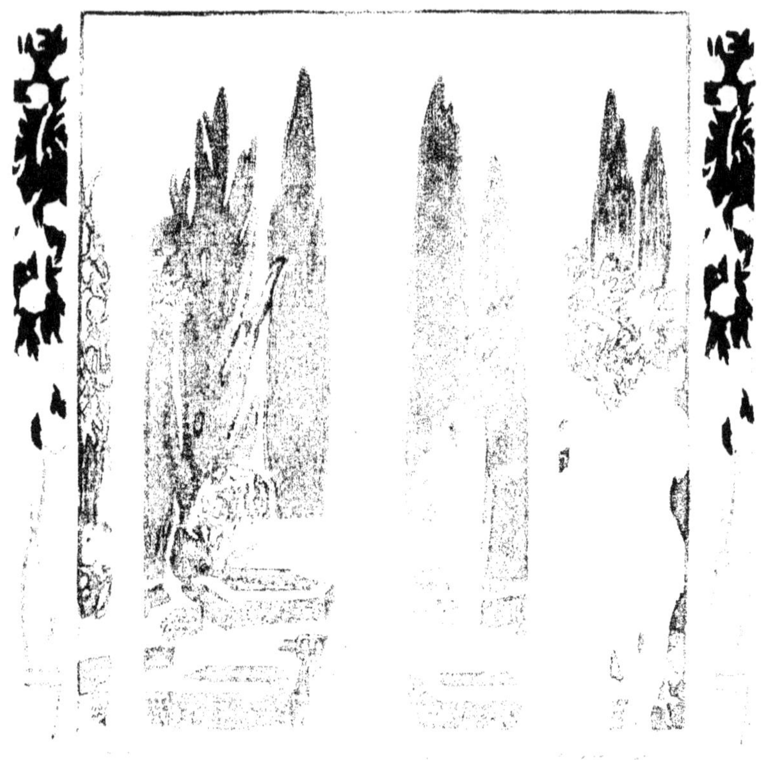

cia quivi : *Amor sente*; la terza quivi : *Udite.*

La seconde partie commence là : Amour entend; *la troisième là :* Écoutez.

Morte villana, di pietà nemica,
di dolor madre antica,
giudicio incontastabile, gravoso,
poi che hai data matera al cor doglioso,
ond' io vado pensoso,
di te blasmar la lingua s' affatica.

Mort vilaine, de pitié ennemie, – antique mère de douleur, – jugement sans rémission, cruel, – puisque tu as donné sujet à mon cœur affligé – dont je dois m'en aller pensif, – à te blâmer ma langue prend effort. — Et si de toute grâce je veux te

E s' io di grazia ti vo' far mendica,
convienesi ch' io dica
lo tuo fallar, d' ogni torto tortoso;
non però ch' a la gente sia nascoso,
ma per farne cruccioso
chi d'Amor per innanzi si notrica.
Dal secolo hai partita cortesia,
e ciò ch' è in donna da pregiar virtute;
in gaia gioventute
distrutta hai l' amorosa leggiadria.
Piú non voi' discovrir qual donna sia,
che per le propietà sue canosciute :
chi non merta salute,
non speri mai d' aver sua compagnia.

faire pauvre, – il convient que je dise – ta faute, de tous les torts chargée : – non pourtant que les gens l'ignorent, – mais pour en faire affliger – qui d'Amour dorenavant se nourrira. — De ce siècle tu as séparé la courtoisie, – & ce qui est vertu à priser en une dame; – en une gaie jeunesse – tu as détruit la grâce amoureuse. — Je ne veux pas découvrir quelle dame est celle-là, – sinon par ses qualités bien connues; – qui ne mérite le salut – n'espère jamais d'avoir sa compagnie.

Questo sonetto si divide in quattro parti : ne la prima parte chiamo la morte per certi suoi nomi propî; ne la seconda parlando a lei, dico la cagione per ch' io mi movo a blasimarla; ne la terza la vitupero; ne la quarta mi volgo a parlare a indifinita persona, avvegna che quanto al mio intendimento sia difinita. La seconda comincia quivi : *poi che hai data*; la terza quivi : *E s' io di grazia*; la quarta quivi : *chi non merta salute.*

Ce sonnet se divise en quatre parties : en la première j'appelle la mort de certains noms qui lui sont propres; en la seconde, parlant à elle, je dis la raison pour laquelle je m'efforce à la blâmer; en la troisième je la vitupère; en la quatrième je m'adresse à une personne indéterminée, bien que, quant à mon sentiment, elle soit bien déterminée. La seconde commence là : puisque tu as; *la troisième là :* Et si de toute grâce; *la quatrième là :* qui ne mérite le salut.

IX

Appresso la morte di questa donna alquanti díe, avenne cosa, per la quale me convenne partire de la sopradetta cittade, ed ire verso quelle parti, dov' era la gentile donna ch'era stata mia difesa, avegna che non tanto fosse lontano il termine del mio andare, quanto ell' era. E tutto ch' io fossi a la compagnia di molti quanto a la vista, l'andare mi dispiacea sí, che quasi li sospiri non poteano disfogare l'angoscia, che 'l cuor sentía, però ch' io mi dilungava da la mia beatitudine. E però lo dolcissimo signore, il qual mi segnoreggiava per la vertù de la gentilissima donna, ne la mia imaginazione apparve come peregrino leggeramente vestito, e di vil drappi. Elli mi parea sbigottito, e guardava la terra, salvo che talora li suoi occhi mi parea che si volgessero ad un fiume bello e corrente e chiarissimo, lo quale sen gía lungo questo cammino là ov' io era.

A me parve che Amore mi chiamasse, e dicessemi queste parole : — Io vengo da quella donna, la quale è stata tua lunga difesa, e so che 'l suo rivenire non sarà a gran tempi; e però quello cuore, ch' io ti facea avere a lei, io l'ho meco, e portolo a donna, la qual sarà tua difensione, come questa

Quelques jours après la mort de cette dame, il arriva une chose, par laquelle il me fallut partir de la susdite ville, & aller vers ce pays, où était la gentille Dame qui avait été ma défense, encore que le terme de mon voyage ne fût pas aussi éloigné que le lieu où elle était. Et quoique je fusse en la compagnie de plusieurs (du moins en apparence), le voyage me déplaisait si fort que mes soupirs pouvaient à peine dissiper l'angoisse que mon cœur ressentait, parce que je m'éloignais de ma béatitude. Et donc le très doux Seigneur, qui me gouvernait par la vertu de la très gentille Dame, apparut en mon imagination, comme un pèlerin légèrement vêtu & de draps grossiers. Il me paraissait tout confus, & regardait la terre, sauf que parfois il me semblait que ses yeux se tournaient vers un fleuve beau & courant & très clair, qui s'en allait le long de ce chemin où j'étais.

Il me parut qu'Amour m'appelait & me disait ces paroles : « Je viens de cette dame, qui a été longtemps ta défense, & je sais qu'elle ne reviendra pas avant un long temps; & donc, ce cœur que je te faisais tenir vers elle, je l'ai avec moi & je le porte à une dame, qui sera ta défense comme était

era (e nominollami per nome sí ch'io la conobbi bene). Ma tuttavia di queste parole, ch'io t'ho ragionate, se alcuna cosa ne dicessi, dillo

celle-là »; & il me la nomma par son nom, en sorte que je la connus bien. « Mais toutefois si tu répètes aucune de ces paroles que je t'ai dites,

nel modo che per loro non si discernesse il simulato amore, che tu hai mostrato a questa, e che ti converrà mostrare ad altri. — E dette queste parole, disparve questa mia imaginazione tutta subitamente, per la grandissima parte, che mi parve che Amore mi desse di sè : e, quasi cambiato ne la vista mia, cavalcai quel giorno pensoso ed acompagnato da molti sospiri. Appresso lo giorno co-

dis-les de telle façon qu'elles ne découvrent pas l'amour simulé que tu as fait paraître à cette dame & qu'il te faudra faire paraître à une autre. » — Et ces paroles dites, toute cette mienne imagination disparut subitement, par la très grande part qu'il me sembla qu'Amour me donna de lui-même; &, comme changé en mon aspect, je chevauchai ce jour-là fort pensif, & accompagné de maints sou-

minciai di ciò questo sonetto, il quale comincia :

pirs. Après le jour je commençai à ce sujet ce sonnet qui commence :

Cavalcando l'altr' ier per un cammino,
pensoso de l'andar, che mi sgradía,
trovai Amore in mezzo de la via,
in abito leggèr di peregrino.
Ne la sembianza mi parea meschino,
come avesse perduta signoria;
e sospirando pensoso venía,
per non veder la gente, a capo chino.
Quando mi vide, mi chiamò per nome,
e disse : — Io vegno di lontana parte,
ov' era lo tuo cor per mio volere;
e recolo a servir novo piacere. —
Allora presi di lui sí gran parte,
ch' elli disparve, e non m' accorsi come.

Chevauchant l'autre jour par un chemin, – soucieux du voyage, qui me déplaisait, – je trouvai Amour au milieu de la route, – en habit léger de pèlerin. — En sa semblance il me paraissait misérable, – comme s'il eût perdu la seigneurie; – & soupirant, pensif, il venait, – la tête basse, pour ne pas voir les gens. — Quand il me vit, il m'appela par mon nom, — & dit : «Je viens de lointaine contrée, – où était ton cœur par ma volonté; — & je le porte à servir nouvelle beauté.» – Alors je pris de lui si grande part, – qu'il disparut, & je ne sus pas comment.

Questo sonetto ha tre parti : ne la prima parte dico sí com' io trovai Amore, e quale mi parea; ne la seconda dico quello ch' elli mi disse, avvegna che non compiutamente, per téma ch' avea di discovrire lo mio segreto; ne la terza dico com' egli mi disparve. La seconda comincia quivi : *Quando mi vide*; la terza quivi : *Allora presi.*

Ce sonnet a trois parties : en la première partie je dis comment je trouvai Amour, & quel il me sembla; en la seconde je dis ce qu'il me dit, quoique non complètement, par la crainte que j'avais de découvrir mon secret; en la troisième je dis comment il disparut à mes yeux. La seconde commence là : Quand il me vit; *la troisième là :* Alors je pris.

X

ppresso la mia ritornata, mi misi a cercare di questa donna, che 'l mio segnore m' avea nominata nel cammino de' sospiri. E acciò che 'l mio parlare sia piú brieve, dico che in poco tempo la feci mia difesa tanto, che troppa gente ne ragionava oltre li termini de la cortesia; onde molte volte mi pensava duramente. E per questa cagione, ciò è di questa soverchievole voce, che parea che m' infamasse viziosamente, quella gentilissima, la qual fu distruggitrice di tutt' i vizii e reina de le vertudi, passando per alcuna parte mi negò lo suo dolcissimo salutare, nel quale stava tutta la mia beatitudine. Ed uscendo alquanto del proposito presente, voglio dare a 'ntendere quello che 'l suo salutare in me vertudiosamente operava.

près mon retour, je me mis à chercher cette dame, que mon Seigneur m'avait nommée en le chemin des soupirs. Et afin que mon discours soit plus bref, je dis qu'en peu de temps je fis d'elle ma défense, tellement que trop de gens en parlaient outre les bornes de la courtoisie; ce qui maintes fois me pesait durement. Et pour cette raison, à savoir ce bruit exagéré qui semblait m'accuser de vice, cette Très Gentille, qui fut destructrice de tous les vices & reine des vertus, passant par un certain lieu, me refusa son très doux salut, en lequel était toute ma béatitude. Et, sortant un peu de mon propos présent, je veux donner à entendre quel effet & quelle vertu avait en moi son salut.

XI

ico che quand' ella apparía da alcuna parte, per la speranza de la mirabile salute neun nemico mi rimanea, anzi mi giugnea una fiamma di caritade, la quale mi facea perdonare a chiunque m'avesse offeso: e chi allora m'avesse domandato di cosa alcuna, la mia risponsione sarebbe stata solamente : — Amore —, con viso vestito d' umiltà. E quand' ella fosse

e dis que quand elle apparaissait de quelque côté, par l'espérance de l'admirable salut, nul ennemi ne me restait plus, mais il me venait une flamme de charité, qui me faisait pardonner à quiconque m'aurait offensé; & à qui m'aurait alors demandé une chose, ma réponse aurait été seulement : « Amour », *avec un visage vêtu d'humilité. Et quand elle était un peu plus près du moment*

alquanto propinqua al salutare, uno spirito d'Amore, distruggiendo tutti gli altri spiriti sensitivi, pingea fori li deboletti spiriti del viso, e dicea loro : — Andate a onorare la donna vostra —; ed e' si rimanea nel luogo loro. E chi avesse voluto conoscere Amore, fare lo potea mirando lo tremare de gli occhi miei. E quando questa gentilissima salute salutava, non che Amore fosse tal mezzo, che potesse obumbrare a me la intollerabile beatitudine, ma elli quasi per soverchio di dolcezza divenía tale, che 'l mio corpo, lo quale era tutto allora sotto 'l suo reggimento, molte volte si movea come cosa grave inanimata. Sí che appare manifestamente che ne le sue salute abitava la mia beatitudine, la quale molte volte passava e redundava la mia capacitate.

de saluer, un esprit d'Amour, détruisant tous les autres Esprits sensitifs, poussait dehors les faibles Esprits de la vue, & leur disait : « Allez honorer votre Dame »; — & il restait en leur place. Et qui aurait voulu connaître Amour, le pouvait faire en contemplant le tremblement de mes yeux. Et quand cette très gentille Dame de Salut saluait, non seulement Amour n'était pas obstacle qui pût voiler pour moi l'intolérable béatitude, mais lui-même, comme par surcroît de douceur, devenait tel, que mon corps, qui alors était tout entier sous sa puissance, se remuait maintes fois comme chose pesante inanimée. Si bien qu'il appert manifestement qu'en ses saluts résidait ma béatitude, laquelle maintes fois passait & débordait ma force.

XII

Ora tornando al proposito, dico che, poi che la mia beatitudine mi fu negata, mi giunse tanto dolore, che, partito me da le genti, in solinga parte andai a bagnare la terra d'amarissime lagrime : e poi che alquanto mi fue sollenato questo lagrimare, misimi ne la mia camera là ov' io potea lamentarmi sanza essere udito. E quivi chiamando misericordia a la donna de la cortesia, e dicendo : — Amore, aiuta il tuo fedele —, m'addormentai, come un pargoletto battuto, lagrimando.

Or, revenant à mon propos, je dis que, ma béatitude m'ayant été refusée, il me vint une telle douleur que je m'éloignai des hommes & m'en allai en un lieu solitaire pour baigner la terre de très amères larmes; & après que me furent ces larmes un peu apaisées, je me mis en ma chambre, là où je pouvais me lamenter sans être entendu. Et là, clamant miséricorde à la Dame de la courtoisie, & disant : « Amour, aide ton fidèle », — je m'endormis comme un petit enfant battu, en pleurant. Il arriva, à peu près au milieu de mon sommeil, qu'il me parut voir en ma

Avvenne quasi nel mezzo del mio dormire, che mi parve vedere ne la mia camera lungo me sedere un giovane vestito di bianchissime vestimenta : e pensando molto quanto a la vista sua, mi riguardava là dov' io giacea, e quando m'avea guardato alquanto, pareami che sospirando mi chiamasse, e diceami queste parole : *Fili mi, tempus est ut praetermittantur simulacra nostra.* Allora mi parea ch' io il conoscesse, però che mi chiamava cosí, come assai fiate ne li miei sonni m'avea già chiamato. E raguardandolo parvemi che piangesse pietosamente, e parea che attendesse da me alcuna parola; ond' io assicurandomi, cominciai a parlare cosí con esso : — Signore de la nobiltade, e perchè piangi tu? — E quelli mi dicea queste parole : *Ego tamquam centrum circuli, cui simili modo se habent circumferentiae partes; tu autem non sic.* Allora pensando a le sue parole, mi parea che m'avesse parlato molto oscuramente, sí ch' io mi sforzava di parlare, e diceali queste parole : — Che è ciò, Signore, che mi parli con tanta oscuritade? — E que' mi dicea in parole volgari : — Non domandare piú che utile ti sia. — E però cominciai con lui a ragionare de la salute, la qual mi fue negata, e domandàlo de la cagione; onde in questa guisa da lui mi fue risposto : — Quella nostra Beatrice udío da certe persone, di te ragionando, che la donna la quale io ti nominai nel cammino de li sospiri, ricevea da te alcuna noia; e però questa gentilissima, la quale è

chambre auprès de moi s'asseoir un jeune homme vêtu de très blancs vêtements; & très pensif en son visage, il me regardait là où j'étais couché; & quand il m'eût regardé quelque temps, il me sembla que, soupirant, il m'appelait & me disait ces paroles : Fili mi, tempus est ut prætermittantur simulacra nostra. *Alors il me sembla que je le reconnaissais, parce qu'il m'appelait ainsi que, bien des fois en mon sommeil, il m'avait déjà appelé. Et, le regardant, il me parut qu'il pleurait piteusement, & il semblait qu'il attendait de moi une parole : d'où prenant assurance, je commençai à parler ainsi avec lui : « Seigneur de la noblesse, & pourquoi pleures-tu? » — Et il me disait ces paroles :* Ego tanquam centrum circuli, cui simili modo se habent circumferentiæ partes; tu autem non sic. *— Alors pensant à ses paroles, il me sembla qu'il m'avait parlé fort obscurément, si bien que je m'efforçais de parler, & lui disais ces paroles : « Qu'est cela, Seigneur, que tu me parles avec tant d'obscurité? » — Et il me répondait en langue vulgaire : «* Ne demande *pas plus qu'il ne t'est utile. » — Et donc, je commençai à m'entretenir avec lui du salut qui m'avait été refusé, & je lui en demandai la raison; sur quoi en cette façon il me fut par lui répondu : « Cette nôtre Béatrice a entendu dire par certaines personnes, parlant de toi, que la dame, que je t'ai nommée dans le chemin des soupirs, recevait de toi quelque ennui. C'est pourquoi cette Très Gentille, qui est contraire à tous les ennuis, ne daigna pas saluer ta personne,*

contraria di tutte le noie, non degnò salutare la tua persona, temendo non fosse noiosa. Onde con ciò sia cosa che veracemente sia conosciuto per lei alquanto lo tuo segreto per lunga consuetudine, voglio che tu dichi certe parole per rima, ne le quali tu comprendi la forza ch' io tegno sopra te per lei, e come tu fosti suo tostamente da la tua puerizia. E di ciò chiama testimonio colui che lo sa, e come tu prieghi lui che glile dica : ed io, che son quelli, volontieri le ne ragionerò; e per questo sentirà ella la tua volontà, la quale sentendo, conoscerà le parole de li ingannati. Queste parole fa che siano quasi un mezzo, sí che tu non parli a lei immediatamente, che non è degno; e nolle mandare in parte sanza me, dove potessero essere intese da lei, ma falle adornare di soave armonía, ne la quale io sarò tutte le volte che sarà mestiere. — E, dette queste parole, disparve, e 'l mio sonno fue rotto. Onde io ricordandomi, trovai che questa visione m'era apparita ne la nona ora del díe; e anzi ch' io uscisse de la detta camera, propuosi di fare una ballata, ne la quale io seguitassi ciò che 'l mio Segnore m'avea proposto, e feci poi questa ballata, che comincia così :

craignant qu'elle ne fût cause d'ennuis. Außi, encore puiße-t-il être que vraiment ton secret soit quelque peu connu d'elle par longue accoutumance, je veux que tu dises quelques paroles par rime, en lesquelles tu faßes entendre le pouvoir que je tiens sur toi par elle, & comment tôt, dès ton enfance, tu as été sien. Et de cela appelle en témoignage celui qui le sait : & dis comment tu le pries qu'il lui en parle; & moi, qui suis celui-là, volontiers je le lui expliquerai; & par cela elle entendra ta volonté, & l'entendant, elle comprendra les dires des gens qui ont été trompés. Ces paroles, fais qu'elles soient comme une entremise, si bien que tu ne parles point à elle directement, car cela ne se doit pas. Et ne les envoie sans moi en aucun lieu où elles pourraient être ouïes d'elle; mais fais-les orner d'une suave harmonie, en laquelle je serai, toutes les fois qu'il sera nécessaire. » — Et, dits ces mots, il disparut, & mon sommeil fut rompu. Or moi, me souvenant, je trouvai que cette vision m'était apparue en la neuvième heure du jour; & avant que je sortiße de la susdite chambre, je résolus de faire une ballade, en laquelle je suivrais ce que mon Seigneur m'avait conseillé, & je fis donc cette ballade qui commence ainsi :

Ballata, i' vo' che tu ritrovi Amore,
e con lui vade a madonna davante,
sí che la scusa mia, la qual tu cante,
ragioni poi con lei lo mio Segnore.

Ballade, je veux que tu trouves Amour, — & avec lui, ailles devant ma Dame, — afin que mon excuse, que tu chantes, — mon Seigneur puiße ensuite en parler

Tu vai, ballata, sí cortesemente,
che senza compagnia
dovresti avere in tutte parti ardire :
ma, se tu vuoli andar sicuramente,
retrova l'Amor pria,
ché forse non è bon senza lui gire :
però che quella, che ti dee audire,
se, com'io credo, è vèr di me adirata,
e tu di lui non fossi accompagnata,
leggieramente ti faría disnore.

avec elle. — Tu vas, Ballade, si courtoisement, – que, sans compagnie, – tu devrais avoir en tous lieux aſſurance; – mais, si tu veux aller en sûreté, – trouve

d'abord Amour, – car peut-être il n'eſt pas bon d'aller sans lui : – pour ce que celle qui te doit entendre, – (si, comme je le crois, elle eſt irritée contre moi, – & si de lui tu n'étais accompagnée), – pourrait facilement te faire déshonneur. —

IMPRIMERIE NATIONALE.

Con dolce sono, quando se' con lui,
comincia este parole,
appresso che averai chèsta pietate :
— Madonna, quelli, che mi manda a vui,
quando vi piaccia, vole,
sed elli ha scusa, che la m'intendiate.
Amore è qui, che per vostra bieltate
lo face, come vol, vista cangiare :
dunque, perché li fece altra guardare,
pensatel voi, da ch'e' non mutò 'l core. —
Dille : — Madonna, lo suo core è stato
con sí fermata fede,
che 'n voi servir l'ha pronto ogne pensero :
tosto fu vostro, e mai non s'è smagato. —
Sed ella non ti crede,
di', che domandi Amor, sed egli è vero :
ed a la fine falle umil preghero,
lo perdonare se le fossi a noia,
che mi comandi per messo ch'eo moia;
e vedrassi ubbidir ben servidore.
E di' a colui, ch'è d'ogni pietà chiave,
avante che sdonnei,
che le saprà contar mia ragion bona :
— Per grazia de la mia nota soave
reman tu qui con lei,
e del tuo servo, ciò che vuoi, ragiona;

En un doux son, quand tu seras avec lui, – commence ces paroles, – après que tu auras requis pitié : – « Madame, celui qui à vous m'envoie, – toute fois que vous plaise, veut, – s'il a une excuse, que vous me l'entendiez dire. – Amour est ici qui, par votre beauté, – le fait, comme il veut, changer de visage : – donc, pourquoi il lui fit en regarder une autre, – pensez-le vous-même, puisque son cœur n'a pas changé.» — Dis-lui : « Madame, son cœur a été – de si ferme foi – que prête à vous servir il lui fait toute pensée : – tôt il fut vôtre, & jamais n'a défailli.» – Si elle ne te croit pas, – dis qu'elle demande à Amour si c'est la vérité : – &, à la fin, fais-lui humble prière; – si pardonner lui est à charge, – qu'elle me commande, par un messager, que je meure; – & elle verra bien obéir son serviteur. — Et dis à Celui qui est de toute pitié la clef, – avant que tu quittes la Dame, – car il lui saura conter ma bonne raison : – « Par la grâce de mes suaves accents, – reste ici avec elle, & dis de ton serviteur ce que tu voudras; – & si, par ta prière,

e s'ella per tuo prego li perdona,
fa' che li annunzi un bel sembiante pace. —
Gentil ballata mia, quando ti piace,
movi in quel punto, che tu n'aggie onore.

elle lui pardonne, – fais qu'une belle semblance lui annonce la paix. » – Ma gentille Ballade, quand il te plaira, – pars, en tel moment que tu en aies honneur.

Questa ballata in tre parti si divide : ne la prima dico a lei dov'ella vada, e confortola però che vada piú sicura; e dico ne la cui compagnia si metta, se vuole sicuramente andare, e sanza pericolo alcuno; ne la seconda dico quello, che lei s' appartiene di fare intendere; ne la terza la licenzio del gire quando vuole, raccomandando lo suo movimento ne le braccia de la sua fortuna. La seconda parte comincia quivi : *Con dolce sono*; la terza quivi : *Gentil ballata.* Potrebbe già l'uomo opporre contra me e dire, che non sapesse a cui fosse lo mio parlare in seconda persona, però che la ballata non è altro, che queste parole ched io parlo : e però dico che questo dubbio io lo intendo solvere e dichiarare in questo libello ancora in parte piú dubbiosa : e allora intenda qui chi piú dubita, e chi qui volesse opporre, in questo modo.

Cette ballade se divise en trois parties : en la première, je lui dis où elle doit aller, & je l'encourage, afin qu'elle aille avec plus d'aßurance; & je dis en quelle compagnie elle se doit mettre, si elle veut aller sûrement & sans aucun péril; en la seconde, je dis ce qu'il lui appartient de faire entendre; en la troisième, je lui donne licence d'aller quand elle voudra, & je confie son départ aux bras de sa fortune. La seconde partie commence là : En un doux son; *la troisième là :* Ma gentille Ballade. *Or, l'on pourrait me chercher querelle & dire qu'on ne sait pas à qui s'adreße mon discours à la seconde personne, alors que la ballade n'eſt pas autre chose que les paroles mêmes que je parle : & c'eſt pourquoi je dis que je me propose de résoudre & éclaircir ce doute en ce petit livre, dans un endroit plus douteux encore : & qu'alors entende celui qui le plus ici doute, & ici voudrait chercher querelle en cette façon.*

XIII

ppresso di questa soprascritta visione, avendo già dette le parole, che Amore m'avea imposte di dire, mi cominciaro molti e diversi pensamenti a combattere ed a tentare, ciascuno quasi indifensibilemente : tra li quali pensamenti quattro m' ingombravano piú lo riposo de la vita. L'uno de li quali era questo : — Buona è la signoria d'Amore, però che trae lo 'ntendimento del suo fedele da tutte le vili cose. — L 'altro era questo : — Non buona è la signoria d'Amore, però che quanto lo suo fedele piú fede li porta, tanto piú gravi e dolorosi punti li conviene passare. — L'altro era questo : — Lo nome d'Amore è sí dolce a udire, che impossibile mi pare, che la sua propia operazione sia ne le piú cose altro che dolce, con ciò sia cosa che li nomi seguitino le nominate cose, sí com' è scritto : *Nomina sunt consequentia rerum.* — Lo quarto era questo : — La donna per cui Amore ti stringe cosí, non è come l' altre donne, che leggeramente si mova del suo core. — E ciascuno mi combattea tanto, che mi facea stare quasi come colui, che non sa per qual via pigli il suo cammino, e che vuole andare, e non sa onde se ne vada. E sed io pensava di volere cercare una comune

près cette vision ci-dessus écrite, comme j'avais déjà dit les paroles qu'Amour m'avait imposé de dire, de nombreux & divers pensers me commencèrent à combattre & à tenter, chacun presque irrésistiblement : entre lesquels pensers, quatre surtout m'empêchaient le repos de la vie. Un d'entre eux était celui-ci : « Bonne est la Seigneurie d'Amour, puisqu'il retire l'esprit de son fidèle de toutes les choses viles. » — Un autre était celui-ci : « Elle n'est pas bonne la Seigneurie d'Amour, puisque, plus son fidèle lui porte sa foi, plus lourds & douloureux sont les points qu'il lui faut passer. » — Un autre était celui-ci : « Le nom d'Amour est si doux à entendre qu'impossible me semble que son effet propre puisse être, en la plupart des choses, autre que doux, étant donné que les noms suivent les choses nommées, comme il est écrit : Nomina sunt consequentia rerum. » — *Le quatrième était celui-ci : « La Dame pour laquelle Amour t'étreint ainsi, n'est pas comme les autres dames, pour changer aisément son cœur. » — Et chacun de ces pensers me combattait tellement qu'il me faisait rester comme un homme qui ne sait par quelle route prendre son chemin, & qui veut aller & ne sait par où l'on va. Et si je songeais à vou-*

via di costoro, ciò è là dove tutti si accordassero, questa era molto inimica verso me, ciò è di chiamare e di mettermi ne le braccia de la pietà. Ed in questo stato dimorando, mi giunse volontà di scrivere parole rimate; e dissine allora questo sonetto, lo qual comincia :

loir chercher une voie commune à toutes ces pensées, c'est-à-dire où toutes s'accorderaient, cette voie m'était très ennemie, & c'était d'appeler la Pitié & me mettre en ses bras. Et, en cet état demeurant, me vint la volonté d'écrire des paroles rimées; & j'en dis alors ce sonnet qui commence :

Tutti li mei penser parlan d'Amore,
e hanno in loro sí gran varietate,
ch'altro mi fa voler sua potestate,
altro folle ragiona il suo valore,
altro sperando m'apporta dolzore,
altro pianger mi fa spesse fïate;
e sol s'accordano in cherer pietate,
tremando di paura ch'è nel core.
Ond'io non so da qual matera prenda;
e vorrei dire, e non so ch'i'mi dica :
cosí mi trovo in amorosa erranza.
E se con tutti voi' fare accordanza,
convenemi chiamar la mia nemica,
madonna la pietà, che mi difenda.

Tous mes pensers parlent d'Amour : – & ils ont entre eux si grande variété, – que l'un me fait vouloir sa puissance, – un autre follement parle de sa vertu, — un autre, avec l'espoir, m'apporte une douceur; – un autre me fait pleurer souventes fois; – & seulement s'accordent à demander pitié, – tremblant de la peur qui est dans le cœur. — Aussi je ne sais duquel prendre matière; – & je voudrais parler, & je ne sais que dire ; – ainsi me trouve en amoureuse erreur. — Et si avec tous je veux faire accord, – il me faut appeler mon ennemie, – madame la Pitié, pour qu'elle me défende.

Questo sonetto in quattro parti si divide : ne la prima dico e soppongo, che tutti li miei pensieri parlano d'Amore; ne la seconda dico che sono diversi, e narro la loro diversitade; ne la terza dico in che tutti pare che s'accordino; ne la quarta

Ce sonnet se divise en quatre parties : en la première je dis & j'expose que tous mes pensers parlent d'Amour; en la seconde, je dis qu'ils sont divers, & je narre leur diversité; en la troisième, je dis en quoi il semble qu'ils s'accordent tous; en la quatrième je dis

dico che, volendo dire d'Amore, non so da qual parte pigli matera; e se la voglio pigliare da tutti, conviene ched io chiami la mia nemica, madonna la pietade, e dico madonna, quasi per disdegnoso modo di parlare. La seconda parte comincia quivi : *e hanno in loro*; la terza quivi : *e sol s' accordano*; la quarta quivi : *Ond' io non so.*

que, voulant parler d'Amour, je ne sais de quel côté prendre matière; & si je la veux prendre de tous, il faut que j'appelle mon ennemie, madame la Pitié. Je dis madame, *comme par façon de parler en dérision. La seconde partie commence là :* & ils ont entre eux; *la troisième là :* & seulement s'accordent; *la quatrième là :* Aussi je ne sais.

XIV

Appresso la battaglia de' diversi pensieri, avvenne che questa gentilissima venne in parte, dove molte gentili donne erano raunate; a la qual parte io fui condotto per amica persona, credendosi fare a me grande piacere in quanto mi menava là ove tante donne mostravano le lor bellezze. Onde io quasi non sappiendo a ch' io fossi menato, e fidandomi ne la persona, la quale un suo amico a l' estremità de la vita condotto avea, dissi a lui : — Perché siamo noi venuti a queste donne? — Allora que' mi rispuose : — Per far sí ch' elle siano degnamente servite. — E 'l vero è, che raunate quivi erano a la compagnia d'una gentile donna, che disposata era il giorno; e però, secondo l'usanza de la sopradetta cittade, convenía che le facessero compagnia nel primo sedere a la mensa che facea ne la magione del suo novello sposo. Sí ched

[A]près la bataille des divers pensers, il arriva que cette Très Gentille vint en un lieu où beaucoup de gentilles dames étaient réunies. En ce lieu je fus conduit par une personne amie, qui crut me faire grand plaisir en m'amenant là où tant de dames montraient leurs beautés. D'où il advint que moi, ne sachant quasi pas pourquoi j'y avais été mené, & me fiant en cette personne, qui avait conduit un ami jusqu'à l'extrémité de sa vie, je lui dis : « Pourquoi sommes-nous venus vers ces dames? » — Alors il me répondit : « Pour faire en sorte qu'elles soient dignement servies. » — Et la vérité est qu'elles étaient réunies là pour faire compagnie à une gentille dame qui avait été mariée ce jour même; & donc, selon l'usage de la susdite ville, il fallait qu'elles lui fissent compagnie la première fois qu'elle s'asseyait à table dans la maison de son nouvel époux. Si bien que moi, croyant devoir com-

io, credendomi fare piacere di questo amico, propuosi di stare al servigio de le donne ne la sua compagnia. E nel fine del mio proponimento parvemi sentire uno mirabile tremore incominciare nel mio petto da la sinistra parte, e distendersi di súbito per tutte le parti del mio corpo.

plaire à mon ami, je me décidai à rester pour le service des dames en sa compagnie. Et au moment que je m'y décidais, il me sembla sentir un merveilleux tremblement commencer en ma poitrine du côté gauche & s'étendre subitement par toutes les parties de mon corps. Alors je dis que, sans faire

Allora dico ched io poggiai la mia persona simulatamente ad una pintura, la qual circundava questa magione : e temendo che altri non si fosse accorto del mio tremare, levai gli occhi, e, mirando le donne, vidi tra loro la gentilissima Beatrice. Allora fuoro sí distrutti li miei spiriti per

semblant, j'appuyai ma personne contre une peinture qui entourait cette maison; & craignant que quelqu'un se fût aperçu de mon tremblement, je levai les yeux, & regardant les dames, je vis parmi elles la très gentille Béatrice. Alors mes Esprits furent si détruits par la force que prit Amour en se

la forza ch'Amore prese veggendosi in tanta propinquitade a la gentilissima donna, che non ne rimasero in vita piú che li spiriti del viso; ed ancora questi rimasero fuori de li loro strumenti, però che Amore volea stare nel loro nobilissimo luogo per vedere la mirabile donna : e avvegna ched io fossi altro che prima, molto mi dolea di questi spiritelli, che si lamentavano forte, e diceano : — Se questi non ci infolgorasse cosí fuori del nostro luogo, noi potremmo stare a vedere la maraviglia di questa donna, cosí come stanno li altri nostri pari. — Io dico che molte di queste donne, accorgendosi de la mia trasfigurazione, si cominciaro a maravigliare; e ragionando si gabbavano di me con questa gentilissima : onde, di ciò accorgendosi l' amico mio di buona fede mi prese per la mano, e traendomi fuori de la veduta di queste donne, sí mi domandò che io avesse. Allora io riposato alquanto, e resurressiti li morti spiriti miei, e li discacciati rivenuti a le loro possessioni, dissi a questo mio amico queste parole : — Io tenni li piedi in quella parte de la vita, di là da la quale non si può ire piú per intendimento di ritornare. — E partitomi da lui, mi ritornai ne la camera de le lagrime, ne la quale, piangendo e vergognandomi, fra me medesimo dicea : — Se questa donna sapesse la mia condizione, io non credo che cosí gabbasse la mia persona; anzi credo che molta pietà le ne verrebbe. — Ed in questo pianto stando cosí, pro-

voyant si proche de la très gentille Dame, qu'il n'en reſta plus en vie que les Eſprits de la vue; & même ceux-ci reſtèrent hors de leurs inſtruments, parce qu'Amour voulait demeurer en leur très noble lieu pour voir l'admirable Dame. Et encore que je fuſſe autre qu'auparavant, j'avais grande souffrance de ces petits Eſprits qui se lamentaient fortement & qui disaient : « Si celui-ci ne nous foudroyait pas ainsi hors de notre place, nous pourrions reſter à voir la merveille de cette Dame, ainsi que reſtent les autres nos semblables. » — Je dis que plusieurs de ces dames, s'apercevant de ma transformation, commencèrent à s'étonner; &, en causant, elles se raillaient de moi avec cette Très Gentille : d'où vint que mon ami, qui était de bonne foi, s'en apercevant, me prit par la main, & me tirant hors de la présence de ces dames, me demanda ce que j'avais. Alors moi, un peu calmé (mes Eſprits morts étant reſſuscités, & ceux qui avaient été chaſſés étant revenus en leur domaine), je dis à ce mien ami ces paroles : « J'ai posé les pieds en ce point de la vie, au delà duquel on ne peut aller plus avant avec la volonté de revenir. » — Et l'ayant quitté, je m'en retournai dans la chambre des larmes, en laquelle, pleurant & honteux de moi-même, je me disais : « Si cette Dame savait mon état, je ne crois pas qu'elle se raillerait ainsi de ma personne; mais je crois, au contraire, que grande pitié lui en viendrait. » — Et reſtant ainsi en ces larmes, je

puosi di dire parole, ne le quali, parlando a lei, significasse la cagione del mio trasfiguramento, e dicessi che io so bene ch'ella non è saputa, e che se fosse saputa, io credo che pietà ne giungnerebbe altrui : e propuosile di dire, disiderando che venissero per avventura ne la sua audienzia. Ed allora dissi questo sonetto, il quale comincia cosí :

résolus de dire des paroles en lesquelles, parlant à elle, j'expliquerais l'occasion de ma transformation, & je dirais que je sais bien qu'on ne la sait pas, & que si on la savait, je crois que pitié en viendrait aux gens : & je résolus de dire ces paroles, avec le désir qu'elles vinßent par aventure à son audience. Et alors je dis ce sonnet qui commence ainsi :

Con l'altre donne mia vista gabbate,
e non pensate, donna, onde si mova,
ch'io vi rassembri sí figura nova,
quando riguardo la vostra beltate.
Se lo saveste, non poría pietate
tener piú contra me l'usata prova;
ché Amor, quando sí presso a vo' mi trova,
prende baldanza e tanta securtate,
che fere tra' miei spiriti paurosi,
e quale ancide, e qual pinge di fore,
sí che solo remane a veder vui.
Ond'io mi cangio in figura d'altrui,
ma non sí, ch'io non sente bene allore
li guai de li scacciati tormentosi.

Avec les autres dames vous raillez mon aspect, — & ne pensez, ô Dame, d'où arrive — que je vous semble ainsi figure nouvelle — quand je regarde votre beauté. — Si vous le saviez, la Pitié ne pourrait pas — tenir plus contre moi son usuel combat; — car quand Amour si près de vous me trouve, il prend audace & si grande aßurance, — qu'il frappe parmi mes Esprits épeurés, — & qu'il tue l'un & pouße l'autre hors, — si bien que seul il demeure à vous voir. — D'où vient que je me change en la figure d'un autre; — mais non tellement, que je n'entende bien alors — les plaintes des Esprits chaßés qui se tourmentent.

Questo sonetto non divido in parti, però che la divisione non si fa, se non per aprire la sentenzia de la cosa divisa : onde, con ciò sia cosa che per la sua ragionata cagione assai sia manifesto, e però non ha mestiere di divisione.

Ce sonnet, je ne le divise pas en parties, parce que la division ne se fait que pour découvrir le sens de la chose divisée : außi, étant donné que, par l'occasion qui en a été dite, ce sonnet est aßez clair, il n'a pas besoin de division.

Vero è che tra le parole, dove si manifesta la cagione di questo sonetto, si scrivono dubbiose parole; ciò è quando dico, che Amore uccide tutti li miei spiriti, e li visivi rimangono in vita, salvo che fuori de li strumenti loro. E questo dubbio è impossibile a solvere a chi non fosse in simile grado fedele d'Amore; ed a coloro che vi sono è manifesto ciò che solverebbe le dubitose parole; e però non è bene a me di dichiarare cotale dubitazione, acciò che 'l mio parlare dichiarando sarebbe indarno, o vero di soperchio.

Il est vrai que, parmi les paroles où est expliquée l'occasion de ce sonnet, sont écrites des paroles obscures; à savoir quand je dis qu'Amour tue tous mes Esprits & que ceux de la vue restent en vie, mais sont hors de leurs instruments. Et cette obscurité est impossible à résoudre pour qui ne serait pas au même degré fidèle d'Amour; & à ceux qui le sont, paraît clairement ce qui pourrait résoudre ces paroles obscures; & donc il n'est pas bon que j'éclaircisse une pareille obscurité, car en l'éclaircissant mon discours serait ou vain ou superflu.

XV

ppresso la nova trasfigurazione mi giunse uno pensamento forte, lo quale poco si partía da me, anzi continuamente mi riprendea, ed era di cotale ragionamento meco : — Poi che tu pervieni a cosí dischernevole vista quando tu se' presso di questa donna, perchè pur cerchi di vedere lei? Ecco che tu fossi domandato da lei : che avrestú da rispondere, ponendo che tu avessi libera ciascuna tua vertude, in quanto tu le rispondessi? — Ed a costui rispondea un altro umile pensero, e dicea : — S'io non perdessi le mie vertudi, e fossi libero tanto ch'io le potessi rispondere, io le direi, che sí tosto com'io imagino la sua mirabile bellezza, sí tosto mi giugne un disiderio di vederla, lo quale è di tanta vertude, che uccide e distrugge ne la mia memoria ciò che contra lui si potesse levare; e però non

Après ma nouvelle transformation, il me vint une pensée très forte, qui peu me quittait, mais continuellement me reprenait; & elle raisonnait ainsi avec moi-même : « Puisque tu arrives à un aspect si digne de raillerie, quand tu es près de cette Dame, pourquoi donc cherches-tu à la voir? Et mettons que tu fusses interrogé par elle, qu'aurais-tu à répondre, en supposant même que tu eusses assez libre chacune de tes vertus pour pouvoir lui répondre? » — Et à celle-ci répondait une autre humble pensée, & elle disait : « Si je ne perdais pas mes vertus, & si j'étais assez libre pour lui pouvoir répondre, je lui dirais qu'aussitôt que j'imagine son admirable beauté, aussitôt il me vient un désir de la voir, lequel est de telle force qu'il tue & détruit dans ma mémoire tout ce qui contre lui se pourrait élever.

mi ritraggono le passate passioni da cercare la veduta di costei. — Onde io, mosso da cotali pensamenti, propuosi di dire certe parole ne le quali, scusandomi a lei da cotale riprensione, ponessi anche di dire di quello che mi diviene presso di lei; e dissi questo sonetto, il quale comincia così :

Et donc, les souffrances paßées ne me détournent pas de chercher la vue de cette Dame.» — D'où vint que, ému de telles pensées, je décidai de dire quelques paroles, en lesquelles, m'excusant à elle d'un semblable reproche, je parlerais encore de ce qui m'advient auprès d'elle; & je dis ce sonnet qui commence ainsi :

Ciò che m'incontra ne la mente more
quand' i' vegno a veder voi, bella gioia,
e quand'io vi son presso, io sento Amore,
che dice : — Fuggi, se 'l perir t'è noia. —
Lo viso mostra lo color del core,
che, tramortendo, ovunque può s'appoia;
e per la ebrietà del gran tremore
le pietre par che gridin : — Moia, moia! —
Peccato face chi allor mi vede,
se l'alma sbigottita non conforta,
sol dimostrando che di me gli doglia,
per la pietà, che 'l vostro gabbo ancide,
la qual si cria ne la vista morta
de gli occhi, c'hanno di lor morte voglia.

Tout ce qui m'eſt contraire meurt en mon âme, – quand je viens pour vous voir, ô belle joie; – & quand je suis près de vous, j'entends Amour, – qui dit : «Fuis, si la mort t'ennuie.» — Le visage montre la couleur du cœur – qui, défaillant, s'appuie partout où il le peut; – & par l'ivreße du grand tremblement, – il semble que les pierres crient : «Meurs, meurs!» — Il fait péché celui qui alors me voit, – s'il ne réconforte mon âme affligée – en montrant seulement que de moi il a peine, — par la pitié, que tue votre raillerie, – & qui naît de l'aspeƈt mourant – des yeux, qui de leur mort ont volonté.

Questo sonetto si divide in due parti : ne la prima dico la cagione, per ché non mi tengo di gire presso di questa donna; ne la seconda dico quello che mi diviene per andare presso di lei; e comincia questa parte quivi : *e quand' io vi son preſso*. Anche, si divide questa seconda parte in

Ce sonnet se divise en deux parties : en la première je dis la raison pour laquelle je ne puis me tenir d'aller auprès de cette Dame; en la seconde je dis ce qui m'advient pour aller auprès d'elle; & cette partie commence là : & quand je suis près de vous. *Cette seconde partie se divise encore en*

cinque, secondo cinque diverse narrazioni : ché ne la prima dico quello che Amore, consigliato da la ragione, mi dice quando le sono presso; ne la seconda manifesto lo stato del cuore per exemplo del viso; ne la terza dico, sí come ogni sicurtà mi viene meno; ne la quarta dico che pecca quelli che non mostra pietà di me, acciò che mi sarebbe alcuno conforto; ne l' ultima dico perché altri dovrebbero avere pietà, e ciò è per la pietosa vista, che ne li occhi mi giungne; la qual vista pietosa è distrutta, ciò è non pare altrui, per lo gabbare di questa donna, lo qual trae a sua simile operazione coloro, che forse vedrebbero questa pietà. La seconda parte comincia quivi : *Lo viso mostra*; la terza quivi : *e per la ebrietà*; la quarta : *Peccato face*; la quinta : *per la pietà*.

cinq, selon cinq diverses narrations : car en la première, je dis ce qu'Amour, conseillé par la raison, me dit quand je suis près d'elle; en la seconde, j'explique l'état du cœur par l'exemple du visage; en la troisième, je dis comment toute aßurance m'échappe; en la quatrième, je dis que celui qui ne me montre pas pitié fait un péché, car cela me serait de quelque réconfort; en la dernière, je dis pourquoi on devrait avoir pitié, à savoir pour l'aspect pitoyable qui me vient en les yeux; car cet aspect pitoyable est détruit, c'est-à-dire disparaît aux yeux des gens, par la raillerie de cette Dame, laquelle entraîne à une action semblable ceux qui peut-être verraient cette pitié. La seconde partie commence là : Le visage montre; *la troisième là :* & par l'ivresse; *la quatrième :* Il fait péché; *la cinquième :* par la pitié.

XVI

ppresso ciò ched io dissi, questo sonetto mi mosse una volontà di dire anche parole, ne le quali io dicessi quattro cose ancora sopra 'l mio stato, le qua'non mi parea che fossero manifestate ancora per me. La prima de le quali si è che molte volte io mi dolea, quando la mia memoria movesse la fantasia a imaginare quale Amor mi facea : la seconda si è ch'Amore spesse volte di subito m'assalía sí forte, che'n me non rimanea altro di vita se non un pensero, che

Après que j'eus dit ce sonnet, une volonté me vint de dire aussi des paroles, en lesquelles je dirais sur mon état quatre choses encore, car il ne me semblait pas que je les eusse déjà fait connaître. La première de ces choses est que bien des fois je souffrais, quand ma mémoire excitait mon imagination à me représenter quel me faisait Amour; la seconde chose est que maintes fois Amour, subitement, m'aßaillait si fort, qu'il ne restait de vie en moi rien, sinon un penser qui parlait de cette Dame; la

parlava di questa donna : la terza si è che quando questa battaglia d'Amore mi pugnava cosí, io mi movea, quasi discolorato tutto, per vedere questa donna, credendo che mi difendesse la sua veduta da questa battaglia, dimenticando quello che a propinquare a tanta gentilezza m'addivenía : la quarta si è come cotal veduta non solamente non mi difendea, ma finalmente disconfiggea la mia poca vita; e però dissi questo sonetto, il qual comincia :

troisième chose est que, quand cette bataille d'Amour m'attaquait ainsi, je partais alors, ayant comme perdu toute couleur, pour voir cette Dame, croyant que sa vue me défendrait de cette bataille, oubliant tout ce qui, pour approcher d'une telle gentillesse, m'arrivait; la quatrième chose est que cette vue non seulement ne me défendait pas, mais détruisait enfin le peu de vie que j'avais; & donc je dis ce sonnet, lequel commence :

Spesse fiate vegnonmi a la mente
l'oscure qualità ch'Amor mi dona;
e vienmene pietà sicché sovente
io dico : — Lasso! avvien egli a persona? —
Ch'Amor m'assale subitanamente
sicché la vita quasi m'abbandona :
campami un spirto vivo solamente,
e que' riman, perché di voi ragiona.
Poi mi sforzo, ché mi voglio aitare :
e cosí smorto, d'ogne valor vòto,
vegno a vedervi, credendo guerire :
e s'i' levo gli occhi per guardare,
nel cor mi si comincia un terremuoto,
che l'anima da' polsi fa partire.

Bien des fois me viennent à la pensée – les sombres qualités qu'Amour me donne; – & il m'en vient pitié, tellement que souvent – je dis : «Las! cela advient-il à personne?» — Car Amour m'assaille subitement, – si bien que la vie presque m'abandonne : – un Esprit vivant seulement me sauve, – & celui-là demeure parce qu'il parle de vous. — Puis je m'efforce, car je me veux secourir, – & ainsi mourant & privé de toute force, – je viens pour vous voir, croyant guérir : — & si je lève les yeux pour regarder, – dans le cœur me commence un tremblement de terre, – qui fait des veines partir la vie.

Questo sonetto si divide in quattro parti, secondo che quattro cose sono in esso narrate : imperò che son di sopra ragionate, non m'intrametto se non di

Ce sonnet se divise en quatre parties, selon que quatre choses y sont narrées : &, comme les choses sont expliquées plus haut, je ne m'occupe que

distinguere le parti per li loro cominciamenti; onde dico che la seconda parte comincia quivi : *Ch'Amor*; la terza quivi : *Poi mi sforzo*; la quarta quivi : *e s'i' levo gli occhi.*

de définir les parties par leurs commencements : je dis donc que la seconde partie commence là : Car Amour; *la troisième là :* Puis je m'efforce; *la quatrième là :* & si je lève les yeux.

XVII

oi che dissi questi tre sonetti, ne li quali parlai a questa donna, però che fuoro narratori di tutto quasi lo mio stato, credendomi tacere e non dire piú però che mi parea di me aver assai manifestato, avvegna che sempre poi tacesse di dire a lei, a me convenne ripigliare matera nuova e piú nobile che la passata. E però che la cagione de la nova materia è dilettevole a udire, la dicerò quanto potrò piú brievemente.

près que j'eus dit ces trois sonnets, en lesquels je parlai à cette Dame, comme ils avaient été narrateurs de presque tout mon état, je crus devoir me taire & n'en pas dire plus, parce qu'il me semblait en avoir aßez fait connaître de moi-même, puisqu'außi bien dans la suite je me suis toujours abstenu de parler à elle; & il me fallut donc reprendre une matière nouvelle & plus noble que celle du paßé. Et comme l'occasion de cette nouvelle matière est délectable à entendre, je la dirai, le plus brièvement que je pourrai.

XVIII

on ciò sia cosa che per la vista mia molte persone avessero compreso lo segreto del mio cuore, certe donne, le quali raunate s'erano, dilettandosi l' una ne la compagnia de l'altra, sapeano bene lo mio cuore, però che ciascuna di loro era stata a molte mie sconfitte. Ed io passando appresso di loro, sí come da la fortuna menato, fui chiamato da una di queste gentili donne; e quella, che m'avea chiamato, era di molto

r, comme par mon aspect beaucoup de personnes avaient compris le secret de mon cœur, certaines dames qui s'étaient réunies, prenant plaisir en la compagnie l'une de l'autre, connaißaient bien mon cœur, parce que chacune d'entre elles avait aßisté à maintes de mes défaites. Et moi, paßant près d'elles, comme mené par la fortune, je fus appelé par une de ces gentilles dames, & celle qui m'avait appelé était dame de très gentil parler & gracieux. Si bien que quand je fus ar-

gentile parlare e leggiadro. Sí che quand' io fu' giunto dinanzi da loro, e vidi bene che la mia gentilissima donna non era con esse, rassicurandomi le salutai, e domandai che piacesse loro. Le donne eran molte, tra le quali n'avea certe che si rideano tra loro. Altre v'erano, che mi guardavano

rivé devant elles, & vis bien que ma très gentille Dame n'était point parmi elles, je me raßurai & les saluai, & leur demandai quel était leur plaisir. Les dames étaient nombreuses, & il y en avait quelques-unes qui riaient entre elles. Il y en avait d'autres qui me regardaient, attendant ce que

aspettando che io dovessi dire. Altre v'erano simigliantemente che parlavano tra loro, de le quali una volgendo li suoi occhi verso me, e chiamandomi per nome, disse queste parole : — A che fine ami tu questa tua donna, poi che tu non puoi sostenere la sua presenza? Dilloci, ché certo lo fine di cotale amore con-

je pourrais dire. Il y en avait d'autres mêmement qui parlaient entre elles, une desquelles tourna les yeux vers moi, &, m'appelant par mon nom, dit ces paroles : « A quelle fin aimes-tu cette tienne Dame, puisque tu ne peux soutenir sa présence? Dis-le-nous, car aßurément la fin d'un tel amour doit être très nouvelle. » — Et alors

viene che sia novissimo. — E poi che m' ebbe dette queste parole, non solamente ella, ma tutte l' altre cominciarono ad attendere in vista la mia risponsione. Allora dissi loro queste parole : — Madonne, lo fine del mio amore fue già lo saluto di questa donna, forse di cui voi intendete; ed in quello dimorava la beatitudine, che era fine di tutti li miei desiderî. Ma poi che le piacque di negarlo a me, lo mio Signore Amore, la sua mercede, ha posta tutta la mia beatitudine in quello, che non mi puote venire meno. — Allora queste donne cominciaro a parlare tra loro : e sí come talora vedemo cadere l' acqua mischiata di bella neve, cosí mi pare udire le loro parole uscire mischiate di sospiri. E poi che alquanto ebbero parlato tra loro, anche mi disse questa donna, che m' avea prima parlato, queste parole : — Noi ti preghiamo che tu ci dichi dov' è questa tua beatitudine. — Ed io rispondendole dissi cotanto : — In quelle parole che lodano la donna mia. — Allora mi rispuose questa che mi parlava : — Se tu ne dicessi vero, quelle parole che tu n' hai dette, in notificando la tua condizione, avrestú operate con altro intendimento. — Ond' io pensando a queste parole, quasi vergognoso mi partío da loro; e venía dicendo fra me medesimo : — Poi ch' i' ebbi tanta beatitudine in quelle parole che lodano la mia donna, perchè altro parlare è stato lo mio? — E però propuosi di prendere per matera del mio parlare sempre mai quello che fosse loda di

qu'elle m'eut dit ces paroles, non seulement elle, mais toutes les autres parurent se mettre à attendre ma réponse. Alors je leur dis ces paroles : « Mesdames, la fin de mon amour fut naguère le salut de cette Dame, de laquelle peut-être vous voulez parler; & en lui demeurait la béatitude qui était la fin de tous mes désirs. Mais après qu'il lui a plu de me le dénier, mon Seigneur Amour, auquel j'en rends merci, a placé toute ma béatitude en cela qui ne me peut pas faire défaut. » — Alors ces dames commencèrent à parler entre elles; & de même que parfois nous voyons tomber l'eau mêlée de belle neige, de même il me sembla entendre leurs paroles sortir mêlées de soupirs. Et, après qu'elles eurent quelque temps parlé entre elles, cette même dame encore qui m'avait d'abord parlé, me dit ces paroles : « Nous te prions que tu nous dises où réside cette tienne béatitude. » — Et moi, lui répondant, je dis ceci : « Dans les paroles qui louent ma Dame. » — Alors me répondit celle qui me parlait : « Si tu nous disais vrai, ces paroles que tu en as dites en faisant connaître ton état, tu les aurais employées en une autre intention. » — D'où il advint que, pensant à ces paroles, & comme honteux, je m'éloignai d'elles; & je m'en venais disant en moi-même : « Puisque j'ai eu tant de béatitude en les paroles qui louent ma Dame, pourquoi autre langage a-t-il été le mien? » — Aussi je décidai de prendre à jamais pour matière de mes paroles chose qui fût louange de cette Très Gentille; & pen-

questa gentilissima; e pensando molto a ciò pareami avere impresa troppo alta matera quanto a me, sí che non ardía di cominciare; e cosí dimorai alquanti dí con disiderio di dire e con paura di cominciare.

sant beaucoup à cela, il me semblait avoir entrepris une matière trop haute quant à moi, si bien que je n'avais pas le courage de commencer; & ainsi demeurai-je quelques jours, avec désir de dire & avec peur de commencer.

XIX

vvenne poi che, passando io per un cammino, lungo lo quale sen gía un rivo chiaro molto, a me giunse tanta volontade di dire, ched io incominciai a pensare lo modo ch'io tenesse; e pensai che parlare di

l arriva ensuite que, passant par un chemin le long duquel s'en allait un ruisseau très clair, il me vint une telle volonté de dire, que je commençai de penser à la façon que je pourrais prendre; & je pensai que parler d'elle n'était pas chose qu'il convenait

lei non si convenía ched io facesse, sed io non parlassi a donne in se-

que je fiſse à moins que je parlaſse à des dames, à la seconde personne; & non

IMPRIMERIE NATIONALE.

conda persona, e non ad ogni donna, ma solamente a coloro, che sono gentili, e che non sono pure femine. Allora dico che la mia lingua parlò quasi come per sé stessa mossa, e disse : *Donne, ch' avete intelletto d'amore.* Queste parole io ripuosi ne la mente con grande letizia, pensando di prenderle per mio cominciamento : onde poi ritornato a la sopradetta cittade, pensando alquanti dí, cominciai una canzone con questo cominciamento, ordinata nel modo che si vedrà di sotto ne la sua divisione. La canzone comincia cosí :

à toutes dames, mais uniquement à celles qui sont gentilles, & ne sont pas seulement femmes. Alors je dis que ma langue parla comme mue par elle-même, & dit : Dames, qui avez entendement d'amour. *Ces paroles, je les reposai en mon esprit avec grande joie, pensant les prendre pour mon commencement : or ensuite rentré en la susdite ville, & pensant pendant quelques jours, je commençai, avec ce commencement, une chanson ordonnée en la façon que l'on verra plus bas en sa division. La chanson commence ainsi :*

Donne, ch'avete intelletto d'amore,
io vo' con voi de la mia donna dire;
non perch'io creda sua lauda finire,
ma ragionar per isfogar la mente.
Io dico che, pensando 'l suo valore,
Amor sí dolce mi si fa sentire,
che, s'io allora non perdessi ardire,
farei, parlando, innamorar la gente.
E io non vo' parlar sí altamente,
ch'io divenissi per temenza vile;
ma tratterò del suo stato gentile
a respetto di lei leggeramente,
donne e donzelle amorose, con vui,
ché non è cosa da parlarne altrui.
　Angelo clama il divino intelletto
e dice : — Sire, nel mondo si vede

Dames, qui avez entendement d'amour, – je veux avec vous de ma Dame dire; – non que je croie pouvoir finir sa louange, – mais discourir pour soulager mon âme. – Je dis que, pensant à son mérite, – Amour si doucement à moi se fait sentir, – que, si alors je ne perdais l'audace, – je ferais, en parlant, enamourer les gens. – Et je ne veux pas parler de si haute façon, – que, par terreur, j'en puisse devenir lâche : – mais je traiterai de sa nature gentille, – (bien faiblement au regard d'elle), – dames & damoiselles amoureuses, avec vous, – car ce n'est pas chose pour en parler à d'autres. — L'ange clame à l'Intellect divin – & dit : « Seigneur,

maraviglia ne l'atto, che procede
d'un'anima, che 'nfin quassú risplende. —
Lo cielo, che non ha altro difetto
che d'aver lei, al suo Segnor la chiede,
e ciascun santo ne grida merzede.
Sola pietà nostra parte difende;
ché parla Dio, che di madonna intende :
— Diletti miei, or sofferite in pace,
che vostra speme sia quanto mi piace
là, dov'è alcun che perder lei s'attende,
e che dirà ne lo inferno : — o malnati,
io vidi la speranza de' beati. —
Madonna è disiata in sommo cielo :
or voi' di sua virtú farvi sapere.
Dico : qual vuol gentil donna parere
vada con lei; ché quando va per via,
gitta nei cor villani Amore un gelo,
per che ogne lor pensero agghiaccia e père;
e qual soffrisse di starla a vedere
diverría nobil cosa, o si morría :
e quando trova alcun che degno sia
di veder lei, quei prova sua vertute;
ché li avvien ciò che li dona salute,
e sí l'umilia, ch'ogni offesa obblía.
Ancor l'ha Dio per maggior grazia dato,

dans le monde se voit – une merveille en l'acte, qui procède – d'une âme qui resplendit jusqu'ici. » – Le ciel, qui ne manque que d'une chose, – c'est de l'avoir, la demande à son Seigneur, – & tous les Saints en réclament la grâce. – Seule la pitié défend notre parti; – & parle Dieu qui connaît bien ma Dame : – « Mes bien-aimés, ore souffrez en paix, – que votre espérance soit, autant qu'il me plaît, – là où est un homme qui s'attend à la perdre, – & qui dira dans l'Enfer : « O mal nés! — j'ai vu l'espérance des bienheureux! » — Ma Dame est désirée en le haut ciel : – or je vous veux faire savoir sa vertu. – Je dis : qui veut gentille dame paraître – aille avec elle; car quand elle va par le chemin, – Amour jette en les cœurs vilains un gel, – par quoi toutes leurs pensées se glacent & périssent; – & qui supporterait de rester à la voir – deviendrait noble chose, ou bien mourrait : – & quand elle trouve quelqu'un qui soit digne – de la voir, celui-là éprouve sa vertu, – car il lui arrive cela qui lui donne salut, – & le fait si humble qu'il oublie toute offense. – A elle encore Dieu a donné, par grâce majeure, – que ne

che non può mal finir chi l'ha parlato.
Dice di lei Amor : — Cosa mortale
come esser può sí adorna e sí pura? —
Poi la reguarda, e fra sé stesso giura
che Dio ne 'ntenda di far cosa nova.
Color di perle ha quasi in forma, quale
convene a donna aver, non for misura;
ella è quanto de ben può far natura;
per exemplo di lei bieltà si prova.
De gli occhi suoi, come ch'ella li mova,
escono spirti d'amore infiammati,
che feron li occhi a qual che allor la guati,
e passan sí che 'l cor ciascun retrova.
Voi lei vedete Amor pinto nel riso,
là o' non pote alcun mirarla fiso.
Canzone, io so che tu girai parlando
a donne assai, quand'io t'avrò avanzata;
or t'ammonisco, perch'io t'ho allevata
per figliuola d'Amor giovane e piana,
che là ove giugni, tu diche pregando :
— Insegnatemi gir; ch'io son mandata
a quella, di cui loda io sono ornata. —
E se non vuoli andar, sí come vana
non restare ove sia gente villana :
ingégnati, se puoi, d'esser palese

peut mal finir qui lui a parle. — D'elle Amour dit : «Chose mortelle – comment peut-elle être si parée & si pure?» – Puis il la regarde & en lui-même jure – que Dieu entend en faire chose nouvelle. – Elle a la couleur quasi formelle de la perle, telle – qu'il convient à dame de l'avoir, & non outre mesure. – Elle est ce que de bien peut faire la nature, – à son modèle s'éprouve la beauté; – de ses yeux, comment qu'elle les meuve, – sortent Esprits d'Amour enflammés, – qui frappent les yeux à qui lors la contemple, – & pénètrent tant que chacun va trouver le cœur. – Vous lui voyez Amour peint dans le sourire, – là où ne peut aucun la regarder fixement. — Chanson, je sais que tu iras parlant – à maintes dames, quand je t'aurai laissée : – or je t'avertis, puisque je t'ai élevée – pour fille d'Amour, jeune & modeste, – que tu dises, en priant, partout où tu iras : – «Enseignez-moi où aller; car je suis envoyée à celle de la louange de qui je suis ornée.» – Et si tu ne veux aller, du moins, frivole, – ne reste pas où sont vilaines gens. – Et t'ingénie, si tu peux, de ne te faire connue – seulement qu'avec dame ou avec homme courtois,

solo con donne o con uomo cortese,
che ti merranno là per via tostana.
Tu troverai Amor con esso lei;
raccomandami a lui come tu dèi.

– qui te mèneront par la route rapide. – Tu trouveras Amour, là, auprès d'elle; – recommande-moi à lui, comme tu le dois.

Questa canzone, acciò che sia meglio intesa, la dividerò piú artificiosamente che l' altre cose di sopra, e però prima ne fo tre parti. La prima parte è proemio de le seguenti parole; la seconda è lo 'ntento trattato; la terza è quasi una serviziale de le precedenti parole. La seconda comincia quivi : *Angelo clama*; la terza quivi : *Canzone io so che*. La prima parte si divide in quattro : ne la prima dico a cu' io dicer voglio de la mia donna, e perchè io voglio dire; ne la seconda dico quale me pare avere a me stesso quand' io penso lo suo valore, e come io direi s' io non perdessi l' ardimento; ne la terza dico come credo dire di lei, acciò ch' io non sia impedito da viltà; ne la quarta ridicendo anche a cui ne intenda dire, dico la cagione per che dico a loro. La seconda comincia quivi : *Io dico*; la terza quivi : *E io non vo' parlar*; la quarta : *donne e donzelle*. Poscia quando dico *Angelo clama*, comincio a trattare di questa donna; e dividesi questa parte in due. Ne la prima dico che di lei si comprende in cielo; ne la seconda dico che di lei si comprende in terra, quivi : *Madonna è disiata*. Questa seconda parte si divide in due : ché ne la prima

Cette chanson, afin qu'elle soit mieux comprise, je la diviserai avec plus d'artifice que les autres choses ci-dessus, & donc, j'en fais d'abord trois parties. La première partie est la préface des paroles qui s'ensuivent; la seconde est le sujet traité; la troisième est comme une servante des paroles précédentes. La seconde commence là : L'ange clame; *la troisième là :* Chanson, je sais. *La première se divise en quatre : en la première je dis à qui je veux parler de ma Dame & pourquoi je veux parler; en la seconde je dis quel je me semble à moi-même quand je pense à son mérite, & comment j'en parlerais, si je ne perdais pas le courage; en la troisième je dis comment je crois pouvoir parler d'elle afin de n'être pas empêché par la lâcheté; en la quatrième, redisant encore à qui j'entends parler, je dis la raison pourquoi c'est à elles que je parle. La seconde commence là :* Je dis; *la troisième là :* Et je ne veux pas parler; *la quatrième :* dames & damoiselles. *Ensuite quand je dis :* L'ange clame, *je commence à traiter de cette Dame; & cette partie se divise en deux. En la première je dis ce que d'elle on comprend au ciel; en la seconde je dis ce que d'elle on com*

dico di lei quanto da la parte de la nobilità de la sua anima, narrando alquanto de le sue vertudi effettive, che de la sua anima procedeano : ne la seconda dico di lei quanto de la nobilità del suo corpo, narrando alquanto de le sue bellezze, qui : *Dice di lei Amor*. Questa seconda parte si divide in due : ché ne la prima dico d' alquante bellezze, che sono secondo tutta la persona; ne la seconda dico d' alquante bellezze, che sono secondo diterminata parte de la persona, quivi : *De gli occhi suoi*. Questa seconda parte si divide in due; ché ne l'una dico de gli occhi, li quali son principio de l'Amore; ne la seconda dico de la bocca, la quale è fine d'Amore. E acciò che quinci si lievi ogni vizioso pensiero, ricordisi chi ci legge, che di sopra è scritto che 'l saluto di questa donna, lo quale era de le operazioni de la bocca sua, fue fine de li miei desiderî, mentre ch'io lo potei ricevere. Poi quando dico : *Canzone, io so che tu*, aggiungo una stanza quasi come ancella a l' altre, ne la quale dico quello, che di questa mia canzone disidero. E però che in questa ultima parte è lieve a intendere, non mi travaglio di piú divisioni. Dico bene, che a piú aprire lo 'intendimento di questa canzone si converrebbe usare di piú minute divisioni; ma tuttavia chi non è di tanto ingegno, che per queste che sono fatte la possa intendere, a me non dispiace se la mi lascia stare : ché certo io temo d' avere a troppi comunicato lo suo in-

prend sur la terre; là : Ma Dame est désirée. *Cette seconde partie se divise en deux : car en la première je parle d'elle quant à la noblesse de son âme, narrant quelque chose de ses vertus effectives, qui procédaient de son âme; en la seconde je parle d'elle quant à la noblesse de son corps, narrant quelque chose de ses beautés; là :* D'elle Amour dit. *Cette seconde partie se divise en deux : car en la première, je parle de certaines beautés qui sont selon toute la personne; en la seconde, je parle de certaines beautés qui sont selon une partie déterminée de la personne, là :* de ses yeux. *Cette seconde partie se divise en deux : car en l'une je parle des yeux, qui sont le principe d'Amour; en la seconde je parle de la bouche qui est la fin d'Amour, & afin que d'ici s'écarte toute pensée vicieuse, que le lecteur se rappelle qu'il est écrit ci-dessus que le salut de cette Dame, lequel était œuvre de sa bouche, fut la fin de mes désirs, tant que je le pus recevoir. Ensuite quand je dis :* Chanson, je sais, *j'ajoute une stance qui est comme servante des autres, en laquelle je dis ce que je désire de cette mienne chanson. Et comme cette dernière partie est aisée à entendre, je ne me mets pas en peine de plus de divisions. Je dis pourtant que, pour mieux découvrir le sens de cette chanson, il conviendrait d'employer des divisions plus minutieuses; mais toutefois qui n'a assez d'esprit pour la comprendre par celles qui sont ici faites, il ne me déplaît pas qu'il me la laisse là : car certes je crains d'en avoir communiqué le sens à trop*

tendimento, pur per queste divisioni che fatte sono, s'elli avvenisse che molti lo potessero udire.

de gens, par ces divisions mêmes qui sont faites, s'il arrivait que beaucoup le pussent comprendre.

XX

ppresso che questa canzone fue alquanto divolgata tra le genti, con ciò fosse cosa che alcuno amico l'udisse, volontà lo mosse a pregarmi ched io li dovessi dire che è Amore, avendo forse, per le parole udite, speranza di me oltre che degna. Ond'io pensando che appresso di cotale trattato, bello era trattare alquanto d'Amore, e pensando che l'amico era da servire, propuosi di dire parole, ne le quali io trattassi d'Amore; e allora dissi questo sonetto, lo qual comincia :

Après que cette chanson fut un peu divulguée parmi les gens, comme il arriva qu'un de mes amis l'entendit, la volonté lui vint de me prier que je lui dusse dire ce qu'est Amour; il avait peut-être conçu de moi, par les paroles qu'il avait entendues, une espérance plus grande que je n'en étais digne. D'où vint que moi, pensant qu'après un tel discours il était beau de dire quelque chose sur Amour, & pensant que l'ami était digne qu'on lui fît service, je résolus de dire des paroles en lesquelles je parlerais d'Amour, & je dis alors ce sonnet qui commence :

Amore e 'l cor gentil sono una cosa,
sí come il saggio in su' dittare pone;
e cosí esser l'un senza l'altro osa,
com' alma razional sanza ragione.
Fàlli natura, quand'è amorosa,
Amor per sire, e 'l cor per sua magione,
dentro la qual dormendo si riposa
tal volta poca, e tal lunga stagione.
Bieltate appare in saggia donna pui,
che piace a gli occhi sí, che dentro al core
nasce un disío de la cosa piacente :

Amour & le cœur gentil sont une seule chose, – ainsi que l'affirme le Sage en son discours; – & autant ils peuvent être l'un sans l'autre, – que l'âme rationnelle sans la raison. — La Nature leur fait, quand elle est amoureuse, – Amour pour Sire & le cœur pour sa maison, – dans laquelle dormant il se repose, – parfois un bref & parfois un long temps. — Beauté paraît en sage dame ensuite, – qui plaît aux yeux si fort, que dans le cœur – naît un désir de la chose plaisante.

e tanto dura talora in costui,
che fa svegliar lo spirito d'Amore :
e simil face in donna omo valente.

— Et tant il dure alors en celui-ci, — qu'il fait éveiller l'esprit d'Amour : — & même chose fait en une dame un homme vertueux.

Questo sonetto si divide in due parti. Ne la prima dico di lui in quanto è in potenzia; ne la seconda dico di lui in quanto di potenzia si riduce in atto. La seconda comincia quivi : *Bieltate appare.* La prima si divide in due : ne la prima dico in che suggetto sia questa potenzia, e ne la seconda dico sí come questo suggetto e questa potenzia siano produtti in essere, e come l'uno

Ce sonnet se divise en deux parties. En la première je parle de lui en tant qu'il est en puissance; en la seconde je parle de lui en tant que de puissance il se réduit en acte. La seconde commence là : Beauté paraît. *La première se divise en deux : en la première je dis en quel sujet est cette puissance; en la seconde je dis comment ce sujet & cette puissance sont produits en être, & comment l'un est au regard de l'autre comme la forme à la*

guarda l' altro, come forma materia. La seconda comincia quivi : *Fàlli natura.* Poi quando dico : *Bieltate appare*, dico come questa potenzia si riduce in atto; e prima come si riduce in omo, poi come si riduce in donna, quivi : *e simil face in donna.*

matière. La seconde commence là : La Nature leur fait. *Puis quand je dis :* Beauté paraît, *je dis comment cette puissance se réduit en acte; & d'abord comment elle se réduit en l'homme; puis comment elle se réduit en la dame, là :* & même chose fait en une dame.

XXI

Poscia che trattai d'Amore ne la sopra scritta rima, vennemi volontà di dire anche in loda di questa gentilissima parole, per le quali io mostrassi come per lei si sveglia questo amore, e come non solamente si sveglia là dove dorme, ma là ove non è in potenzia, ella mirabilmente operando lo fa venire. E allora dissi questo sonetto, lo quale comincia :

Après que j'eus traité d'Amour en la rime susdite, volonté me vint de dire encore à la louange de cette Très Gentille des paroles par lesquelles je montrerais comment par elle s'éveille cet Amour, & comment non seulement il s'éveille là où il dort; mais là même où il n'est pas en puissance, elle, par une merveilleuse opération, le fait venir. Et je dis alors ce sonnet qui commence :

Negli occhi porta la mia donna Amore,
perche si fa gentil ciò ch'ella mira;
ov'ella passa, ogn'uom vèr lei si gira,
e cui saluta fa tremar lo core,
sí, che, bassando il viso, tutto ismore,
e d'ogni su'difetto allor sospira :
fugge dinanzi a lei superbia ed ira;
aiutatemi, donne, farle onore.
Ogne dolcezza e ogne pensero umile
nasce nel core a chi parlar la sente;
ond'è laudato chi prima la vide.

Dans les yeux ma Dame porte Amour, – par quoi se fait gentil ce qu'elle regarde : – où elle passe, tout homme vers elle se tourne, – & à celui qu'elle salue elle fait trembler le cœur : — si bien que, baissant le visage, il pâlit tout entier, – & de toute sa faute alors soupire; – devant elle fuit l'orgueil & la colère : – aidez-moi, dames, à lui faire honneur. — Toute douceur & tout humble penser – naît dans le cœur à qui l'entend parler; – d'où vient qu'on doit louer qui tout

Quel ch' ella par quand' un poco sorride,
non si può dire, né tenere a mente,
sí è novo miracolo e gentile.

d'abord l'a vue. — Ce qu'elle paraît quand un peu elle sourit, – ne se peut dire ni garder à l'esprit, – tant est miracle nouvel & gentil.

Questo sonetto si ha tre parti. Ne la prima dico sí come questa donna riduce questa potenzia in atto, secondo la nobilissima parte de' suoi occhi : e

Ce sonnet a trois parties. En la première je dis comment cette Dame réduit en acte cette puissance, selon la très noble partie de ses yeux : & en

ne la terza dico questo medesimo, secondo la nobilissima parte de la sua bocca. E intra queste due parti è una particella, ch' è quasi domandatrice d' aiuto a la precedente parte ed a la seguente, e comincia quivi : *aiutatemi, donne.* La terza comincia quivi :

la troisième je dis la même chose selon la très noble partie de sa bouche. Et entre ces deux divisions, il y en a une petite qui est comme demandeuse de secours à la précédente & à la suivante, & commence là : aidez-moi, dames. *La troisième commence*

Ogne dolcezza. La prima si divide in tre; ché ne la prima parte dico sí come virtuosamente fa gentile tutto ciò che vede; e questo è tanto a dire, quanto inducere Amore in potenzia là ove non è. Ne la seconda dico come reduce in atto Amore ne li cuori di tutti coloro cui e' vede. Ne la terza dico quello che poi virtuosamente adopera ne' loro cuori. La seconda comincia : *ov' ella passa*, la terza quivi : *e cui saluta*. Poi quando dico : *aiutatemi, donne*, do a intendere a cui la mia intenzione è di parlare, chiamando le donne che m' aiutino onorare costei. Poi quando dico : *Ogne dolcezza*, dico quello medesimo che detto è ne la prima parte, secondo due atti de la sua bocca; l' uno de' quali è 'l suo dolcissimo parlare, e l' altro lo suo mirabile riso; salvo che non dico di questo ultimo come adopera ne li cuori altrui, però che la memoria non puote ritenere lui, né sua operazione.

là : Toute douceur. *La première se divise en trois, car dans la première je dis comment par sa vertu elle fait gentil tout ce qu'elle voit, & cela revient à dire qu'elle induit Amour en puissance là où il n'est pas. En la seconde, je dis comment elle réduit en acte Amour dans les cœurs de tous ceux qu'elle voit. En la troisième je dis ce qu'ensuite par sa vertu elle opère dans leurs cœurs. La seconde commence :* où elle passe; *la troisième là :* & à celui qu'elle salue. *Quand je dis ensuite :* aidez-moi, dames, *je donne à entendre à qui mon intention est de parler, appelant les dames pour qu'elles m'aident à honorer celle-ci. Puis quand je dis :* Toute douceur, *je dis cela même qui est dit dans la première partie selon deux actes de sa bouche : l'un desquels est son très doux parler, & l'autre son admirable sourire; sauf que je ne dis pas de ce dernier comment il opère dans les cœurs, puisque la mémoire ne le peut retenir ni lui, ni ses opérations.*

XXII

ppresso non molti dí passati, sí come piacque al glorioso Sire, lo quale non negoe la morte a sé, colui che era stato genitore di tanta maraviglia, quanta si vedea ch' era questa nobilissima Beatrice, di questa vita uscendo, a la gloria etternale sen gío veracemente. Onde, con ciò sia cosa che

près cela peu de jours s'étant passés, (ainsi qu'il plut au glorieux Seigneur qui n'a pas refusé la mort pour lui-même), celui qui avait été le père de la si grande merveille que l'on voyait être cette très noble Béatrice, sortit de cette vie, & à la gloire éternelle s'en alla véritablement. Aussi comme un semblable départ est douloureux à ceux qui restent, & ont

cotal partire sia doloroso a coloro che rimangono, e sono stati amici di colui che se ne va; e nulla sia sí intima amistade, come da buono padre a buon figliuolo, e da buon figliuolo a buon padre; e questa donna fosse in altissimo grado di bontade, e 'l suo padre (sí come da

été amis de celui qui s'en va, & que nulle amitié n'est aussi intime que celle de bon père à bon fils & de bon fils à bon père; & comme cette Dame était au plus haut degré de bonté, & que son père (ainsi que beaucoup le croient, & cela est vrai), était bon en haut degré; il est manifeste que

molti si crede, e vero è) fossi buono in alto grado; manifesto è, che questa donna fue amarissimamente piena di dolore. E con ciò sia cosa che, secondo l'usanza della sopradetta cittade, donne con donne ed uomini con uomini si raunino a cotale tristizia, molte donne si raunaro colà, dove questa gentilissima Beatrice pian-

cette Dame fut très amèrement pleine de douleur. Et, selon qu'il est d'usage en la susdite cité que les dames avec les dames & les hommes avec les hommes se réunissent en pareilles tristesses, beaucoup de dames se réunirent là où cette très gentille Béatrice pleurait piteusement : d'où vint que voyant retourner quelques dames d'auprès d'elle, je les

gea pietosamente : onde io veggendo ritornare alquante donne da lei, udío dire loro parole di questa gentilissima come ella si lamentava. Tra le quali parole udío che diceano : — Certo ella piange sí che quale la mirasse dovrebbe morire di pietade. — Allora trapassaro queste donne; ed io rimasi in tanta tristizia, che alcuna lagrima talora bagnava la mia faccia, onde io mi ricopría con porre le mani spesso a li miei occhi. E se non fosse ch'io attendea udire anche di lei (però ch'io era in luogo onde sen gíano la maggiore parte di quelle donne le quali da lei si dipartíano), io men serei nascoso incontanente che le lagrime m'aveano assalito. E però dimorando ancora nel medesimo luogo, donne anche passaro presso di me, le quali andavano ragionando tra loro queste parole : — Chi dee mai essere lieta di noi, che avemo udita parlare questa donna cosí pietosamente? — Appresso di costoro passaro altre donne, che veníano dicendo : — Questi ch'è qui piange né piú né meno come se l'avesse veduta, come noi avemo. — Altre diceano di poi di me : — Vedi questi che non pare esso; tale è divenuto! — E cosí passando queste donne, udío parole di lei e di me in questo modo che detto è. Onde io poi, pensando, propuosi di dire parole, acciò che degnamente avea cagione di dire, ne le quali parole io conchiudesse tutto ciò che inteso avea da queste donne. E però che volentieri l'averei domandate, se non mi fosse stata riprensione, presi tanta matera di dire, come se io l'avessi do-

entendis dire des paroles sur cette Très Gentille & comme elle se lamentait. Parmi ces paroles, j'entendis qu'elles disaient : « Certes elle pleure en telle manière que qui la verrait en devrait mourir de pitié. » — Alors paßèrent ces dames; & moi je demeurai en telle triſteße que quelque larme parfois baignait ma face, dont je me cachais en portant souvent les mains à mes yeux. Et s'il n'eût été que j'attendais pour ouïr encore parler d'elle (parce que j'étais en un lieu par où s'en allaient la plupart de ces dames qui sortaient d'avec elle), je me serais caché, außitôt que les larmes m'avaient aßailli. Or donc, comme je demeurais en ce même lieu, des dames encore paßèrent près de moi, lesquelles s'en allaient disant entre elles ces paroles : « Qui de nous pourrait jamais être joyeuse, qui avons entendu parler cette Dame außi piteusement? » — Après celles-ci passèrent d'autres dames, qui venaient disant : « Celui qui eſt ici pleure ni plus ni moins que s'il l'avait vue, ainsi que nous l'avons vue. » — Puis d'autres disaient de moi : « Vois celui-ci qui ne paraît plus lui-même, tel il eſt devenu! » — Et comme paßaient ainsi ces dames, j'entendis parler d'elle & de moi en cette façon que j'ai dite. D'où vint qu'ensuite, y pensant, je résolus de dire des paroles (pour ce que dignement j'avais occasion de dire), en lesquelles j'enfermaße tout cela que j'avais entendu dire à ces dames. Et comme volontiers je les aurais interrogées, si je n'avais dû en avoir reproche, je pris pour sujet de dire

mandate, ed elle m'avessero risposto. E feci due sonetti; ché nel primo domando in quel modo che voglia mi giunse di domandare; ne l'altro dico la loro risponsione, pigliando ciò ch' io udío da loro, sí come lo m'avessero detto rispondendo. E comincia lo primo : *Voi che portate la sembianza umile*; e l' altro : *Se' tu colui c'hai trattato sovente.*

comme si je les eusse interrogées & qu'elles m'eussent répondu. Et je fis deux sonnets; & dans le premier j'interroge en la façon que volonté me vint d'interroger; dans l'autre je dis leur réponse, prenant ce que j'entendis d'elles, comme si elles me l'eussent dit en répondant. Et je commençai le premier : Vous qui portez humble semblance; *& l'autre :* Es-tu celui qui a traité souvent.

Voi, che portate la sembianza umíle,
cogli occhi bassi mostrando dolore,
onde venite, che 'l vostro colore
par divenuto de pietà simíle?
Vedeste voi nostra donna gentile
bagnar nel viso suo di pianto Amore?
Ditelmi, donne, ché mil dice il core,
perch'io vi veggo andar sanz'atto vile.
E se venite da tanta pietate,
piacciavi di restar qui meco alquanto,
e qual che sia di lei, nol mi celate :
io veggio gli occhi vostri c'hanno pianto,
e veggiovi tornar sí sfigurate,
che 'l cor mi triema di vederne tanto.

Vous qui portez humble semblance, – avec les yeux baissés montrant douleur, – d'où venez-vous, que votre couleur – paraît devenue semblable à la pitié? — Avez-vous vu notre Dame gentille – baigner de pleurs, en son visage, Amour? – Dites-le-moi, dames, car le cœur me le dit, – parce que je vous vois aller sans rien de vil. — Et si vous venez d'une telle pitié, – qu'il vous plaise rester ici avec moi quelque peu, – & quoi qu'il en soit d'elle, ne me le cachez pas. — Je vois vos yeux qui ont pleuré, – & je vous vois venir si défaites, – que le cœur me tremble d'en avoir autant vu.

Questo sonetto si divide in due parti. Ne la prima chiamo e domando queste donne se vengono da lei, dicendo loro ch' io lo credo, imperò che tornano quasi ingentilite.

Ce sonnet se divise en deux parties. En la première j'appelle ces dames & leur demande si elles viennent d'auprès d'elle, & je leur dis que je le crois, parce qu'elles s'en retournent comme plus

Ne la seconda le prego che mi dicano di lei; la seconda comincia quivi : *E se venite.*

gentilles devenues. En la seconde je les prie qu'elles me parlent d'elle; & la seconde commence là : Et si vous venez.

Qui appresso è l'altro sonetto, sí come dinanzi avemo narrato :

Ci-après est l'autre sonnet, ainsi que ci-dessus nous avons narré :

Se' tu colui, c'hai trattato sovente
di nostra donna, sol parlando a nui?
Tu risomigli a la voce pur lui,
ma la figura ne par d'altra gente.
E perché piangi tu sí coralmente,
che fai di te pietà venire altrui?
Vedestú pianger lei, ché tu non pui
punto celar la dolorosa mente?
Lascia pianger a noi, e triste andare,
(e' fa peccato chi mai ne conforta),
che nel su' pianto l'udimo parlare.
Ell'ha nel viso la pietà sí scorta,
che qual l'avesse voluta mirare,
sarebbe innanzi lei piangendo morta.

Es-tu celui qui a traité souvent — de notre Dame, parlant à nous seulement? – A la voix tu lui ressembles bien; – mais l'aspect nous paraît d'un autre homme. — Las! pourquoi pleures-tu si cordialement – que tu fais de toi venir pitié aux autres? – L'as-tu donc vue pleurer, que tu ne peux – point cacher ton douloureux penser? — Laisse à pleurer à nous & tristement aller – (il fait péché qui jamais nous console), – car dans ses pleurs nous l'entendîmes parler. — Elle a dans le visage la pitié si empreinte, – que qui l'aurait voulu regarder, – devant elle, pleurant, serait morte.

Questo sonetto ha quattro parti, secondo che quattro modi di parlare ebbero in loro le donne per cu' io rispondo. E però che son di sopra assai manifesti, non mi trametto di narrare la sentenzia de le parti, e però le distinguo solamente. La seconda comincia quivi : *E perché piangi*; la terza : *Lascia piangere a noi*; la quarta : *Ell' ha nel viso.*

Ce sonnet a quatre parties, selon que les dames pour lesquelles je réponds eurent entre elles quatre façons de parler. Et parce qu'elles sont ci-dessus très manifestes, je ne me mêle pas de narrer le sens des parties, & donc je les distingue seulement. La seconde commence là : Las! pourquoi pleures-tu; *la troisième :* Laisse à pleurer à nous; *la quatrième :* Elle a dans le visage.

XXIII

ppresso ciò pochi dí, avvenne che in alcuna parte de la mia persona mi giunse una dolorosa infermitade, ond'io continuamente soffersi per nove dí amarissima pena; la quale mi condusse a tanta debolezza,

eu de jours après cela, il arriva que dans une partie de ma personne me vint une douloureuse maladie, dont continuellement je souffris, pendant neuf jours, une peine très amère; & elle me conduisit à une telle faiblesse qu'il me fallait rester

che me convenia stare come coloro, li quali non si possono muovere. Io dico che nel nono giorno sentendome dolere quasi intollerabilemente, a me giunse un pensero, lo quale era de la mia donna. E quando ebbi alquanto pensato di lei, ed io ritornai pensando a la mia debile vita, e veggendo come leggero era il suo durare, ancora che sano fosse, sí cominciai a piangere fra me stesso di tanta miseria. Onde sospirando forte, dicea fra me medesimo : — Di necessità conviene che la gentilissima Beatrice alcuna volta si moia! — E però mi giunse un sí forte smarrimento, che chiusi gli occhi e comin

comme ceux qui ne se peuvent mouvoir. Je dis que dans le neuvième jour me sentant souffrir presque intolérablement, il me vint un penser, qui était de ma Dame. Et quand j'eus quelque peu pensé à elle, alors je revins à penser à ma frêle vie; & voyant, encore fût-elle saine, combien légère était sa résistance, je commençai à pleurer en moi d'une telle misère. D'où vint que soupirant fortement, en moi-même je disais : « De toute nécessité il faut que la très gentille Béatrice quelque jour se meure. » — Et ainsi il m'arriva un si fort égarement, que je fermai les yeux, & commençai à

IMPRIMERIE NATIONALE.

ciâmi a travagliare sí come farnetica persona ed a imaginare in questo modo : che nel cominciamento de l'errare che fece la mia fantasia, apparvero a me certi visi di donne scapigliate, che mi diceano : — Tu pur morrai. — E poi, dopo queste donne, m'apparvero certi visi diversi e orribili a vedere, li quali mi

m'agiter comme une personne frénétique, & à imaginer en la façon que voici : au commencement de l'erreur que fit mon imagination, m'apparurent certains visages de dames échevelées qui me disaient : « Toi aussi mourras. » — Et puis, après ces dames, m'apparurent certains visages

diceano : — Tu se' morto. — Cosí cominciando ad errare la mia fantasia, venni a quello, ch' i' non sapea ov' io mi fossi; e vedere mi parea donne andare scapigliate piangendo per via, maravigliosamente triste; e pareami vedere lo sole oscurare sí, che le stelle si mostravano di colore, ch' elle mi faceano giudicare che piangessero; e pareami che gli

étranges & horribles à voir, qui me disaient : « Tu es mort. » — Et comme ainsi commençait à errer mon imagination, j'en vins à ceci que je ne savais plus où je me trouvais; & il me semblait voir des dames aller échevelées, pleurant par la route, merveilleusement tristes; & il me semblait voir le soleil s'obscurcir, tellement que

uccelli volando per l'aria cadessero morti, e che fossero grandissimi terremuoti. E maravigliandomi in cotale fantasia, e paventando assai, imaginai alcuno amico, che mi venisse a dire : — Or non sai? la tua mirabile donna è partita di questo secolo. — Allora cominciai a piangere molto pietosamente; non solamente piangea ne la imaginazione, ma piangea con li occhi bagnandoli di vere lagrime. Io imaginava di guardare verso lo cielo, e pareami vedere moltitudine d'angeli, li quali tornassero in suso, ed aveano dinanzi da loro una nebuletta bianchissima. A me parea che questi angeli cantassero gloriosamente; e le parole del loro canto mi parea udire che fossero queste : *Osanna in excelsis*;

les étoiles se montraient d'une couleur qui me faisait juger qu'elles pleuraient; & il me semblait que les oiseaux en volant par l'air tombaient morts, & qu'il y avait de très grands tremblements de terre. Et m'émerveillant en une telle imagination, & m'effrayant beaucoup, je crus voir un ami. qui me venait dire : « Or ne sais-tu pas? ton admirable Dame est partie de ce siècle. » — Alors je commençai à pleurer fort piteusement; & non seulement je pleurais dans l'imagination, mais je pleurais avec les yeux, les baignant de vraies larmes. Je m'imaginais regarder vers le ciel, & il me semblait voir une multitude d'anges qui retournaient en haut, &

ed altro non mi parea udire. Allora mi parea che 'l cuore, ov' era tanto amore, mi dicesse : — Vero è che morta giace la nostra donna. — E per questo mi parea andare per vedere lo corpo, nel quale era stata quella nobilissima e beata anima. E fue sí forte la erronea fantasia, che mi mostrò questa donna morta : e pareami che donne la covrissero, ciò è la sua testa, con un bianco velo : e pareami che la sua faccia avesse tanto aspetto d' umilitade, che parea che dicesse : — Io sono a vedere lo principio de la pace. — In questa imaginazione mi giunse tanta umilitade per vedere lei, ch' io chiamava la Morte, e dicea : — Dolcissima Morte, vieni a me, e non m' essere villana; però che tu dèi essere gentile, in tal parte se' stata ! or vieni a me ch' io molto ti disidero : e tu 'l vedi ch' i' porto già lo tuo colore. — E quando io avea veduto compiere tutti li dolorosi mestieri, che a le corpora de' morti s' usano di fare, mi parea tornare ne la mia camera, e quivi mi parea guardare verso lo cielo : e sí forte era la mia imaginazione, che, piangendo, incominciai a dire con verace voce : — Oi, anima bellissima, come è beato colui che ti vede ! — E dicendo io queste parole con doloroso singulto di pianto, e chiamando la Morte che venisse a me, una donna giovane e gentile, la quale era lungo 'l mio letto, credendo che 'l mio piangere e le mie parole fossero solamente per lo dolore de la mia infermitade, con grande paura cominciò a piangere. Onde altre donne, che per la camera erano, s'accorsero di me, ched io piangea, per

avaient devant eux une petite nue très blanche : & il me semblait que ces anges chantaient glorieusement; & les paroles de leur chant, il me semblait entendre qu'elles étaient celles-ci : Hosanna in excelsis; — *& il ne me semblait pas entendre autre chose. Alors il me semblait que le cœur, où était un si grand amour, me disait : « Il est vrai que notre Dame gît morte. » — Et pour cela il me semblait aller pour voir le corps dans lequel avait été cette très noble & bienheureuse âme. Et si forte fut l'erreur de mon imagination qu'elle me montra cette Dame morte : & il me semblait que des dames la couvraient (je veux dire sa tête) avec un blanc voile; & il me semblait que sa face avait un tel aspect d'humilité qu'il semblait qu'elle dît : « Je suis à voir le principe de la paix. » — Dans cette imagination, il me vint à la voir, une telle humilité, que j'appelais la Mort, & disais : « Très douce Mort, viens à moi, & ne me sois pas vilaine; car tu dois avoir été rendue gentille : en un tel lieu tu as été ! Or viens à moi qui beaucoup te désire : & tu vois que je porte déjà ta couleur. » — Et quand j'avais vu accomplir tous les douloureux offices qu'aux corps des morts il est d'usage de faire, il me semblait retourner dans ma chambre, & là, il me semblait regarder vers le ciel; & si forte était mon imagination, que pleurant, je commençai à dire avec ma voix véritable : « O âme très belle, comme est bienheureux celui qui te voit ! »*

lo pianto che vedeano fare a questa : onde facendo lei partire da me, la quale era a me di propinquissima sanguinità congiunta, elle si trassero verso me per isvegliarmi, credendo ch' io sognasse, e diceanmi : — Non dormire piú —, e — non ti sconfortare. — E parlandomi cosí, sí mi si cessò la forte fantasia entro in quello punto ch' io volea dire : — O Beatrice, benedetta sie tu! — E già detto avea : — O Beatrice —, quando riscotendomi apersi li occhi, e vidi ch' io era ingannato; e con tutto ch' io chiamasse questo nome, la mia voce era sí rotta dal singulto del piangere che queste donne non mi potero intendere, secondo il mio parere. E avvegna ch' io mi vergognassi molto, tuttavia per alcuno ammonimento d'Amore mi rivolsi a loro. E quando mi videro, cominciaro a dire : — Questi pare morto —, e a dire tra loro : — procuriamo di confortarlo! — Onde molte parole mi diceano da confortarmi, e talora mi domandavano di che io avesse avuto paura. Onde io, essendo alquanto riconfortato, e conosciuto lo fallace imaginare, rispuosi a loro : — Io vi diroe quello ch' i' hoe avuto. — Allora cominciai dal principio infino a la fine e dissi loro quello che veduto avea, tacendo il nome di questa gentilissima. Onde poi, sanato di questa infermitade, propuosi di dire parole di questo che m' era adivenuto, però che mi parea che fosse amorosa cosa da dire e d' audire; e però ne dissi questa canzone : *Donna pietosa e di novella etate*, ordinata sí come manifesta la infrascritta divisione.

— Et comme je disais ces paroles avec un douloureux sanglot de larmes, & appelais la mort pour qu'elle vînt à moi, une dame jeune & gentille, laquelle était le long de mon lit, croyant que mes pleurs & mes paroles étaient seulement causés par la douleur de ma maladie, avec grande peur commença à pleurer. D'où vint que d'autres dames qui étaient par la chambre s'avisèrent que je pleurais, à cause des pleurs qu'elles voyaient faire à cette dame : aussi faisant éloigner de moi celle-ci, laquelle était unie à moi par la plus proche parenté, elles se portèrent vers moi pour me réveiller, croyant que je rêvais, & elles me disaient : «Ne dors plus» — & — «ne te désole pas». — Et comme elles me parlaient ainsi, alors cessa ma forte imagination, en ce point que je voulais dire : «O Béatrice, bénie sois-tu!» — Et déjà j'avais dit : «O Béatrice», — quand revenant à moi, j'ouvris les yeux, & je vis que je m'étais trompé; & pour tant que je clamasse ce nom, ma voix était si brisée par le sanglot des pleurs, que ces dames ne me purent comprendre, ainsi qu'il me sembla. Et encore que j'eusse grande honte, cependant, par quelque avertissement d'Amour, je me retournai vers elles. Et quand elles me virent, elles commencèrent à dire : «Celui-ci semble mort»; — & à dire entre elles : «Tâchons de le reconforter.» — Aussi elles me disaient beaucoup de paroles pour me réconforter, & parfois me demandaient de quoi j'avais eu peur. Alors moi,

étant un peu réconforté & connaissant la faußeté de mes imaginations, je leur répondis : « Je vous dirai ce que j'ai eu. » — Alors je commençai du commencement jusqu'à la fin, & je leur dis ce que j'avais vu, taisant le nom de cette Très Gentille. D'où vint qu'ensuite, guéri de cette maladie, je résolus de dire des paroles sur cela qui m'était arrivé, parce qu'il me semblait que ce fût amoureuse chose à dire & à entendre; & je dis cette chanson : Une dame pitoyable & d'âge nouveau, *ordonnée comme il appert en la division ci-deßous écrite :*

Donna pietosa e di novella etate,
adorna assai di gentilezze umane,
ch'era là ov'io chiamava spesso Morte,
veggendo li occhi miei pien di pietate,
e ascoltando le parole vane,
si mosse con paura a pianger forte;
e altre donne, che si fuoro accorte
di me per quella che meco piangía,
fecer lei partir via,
e appressimârsi per farmi sentire.
Qual dicea : — Non dormire —;
e qual dicea : — Perché sí ti sconforte? —
Allor lassai la nova fantasia,
chiamando il nome della donna mia.
Era la voce mia sí dolorosa
e rotta sí da l'angoscia del pianto,
ch'io solo intesi il nome nel mio core;
e con tutta la vista vergognosa,
ch'era nel viso mio giunta cotanto,
mi fece verso lor volgere Amore.
Elli era tale a veder mio colore,

Une dame pitoyable & d'âge nouveau, – ornée grandement de gentilleßes humaines, – qui était là où j'appelais souvent la Mort, – voyant mes yeux pleins de pitié, – & écoutant mes paroles vaines, – se mit avec peur à pleurer fortement; – & d'autres dames qui s'avisèrent – de moi, par celle-là qui avec moi pleurait, – la firent s'en aller, – & s'approchèrent pour se faire entendre à moi. – L'une disait : « Ne dors pas »; – & une autre disait : « Pourquoi si fort te désoles-tu? » – Alors je laißai mon étrange rêverie, – clamant le nom de ma Dame. — Ma voix était si douloureuse, – & si brisée de l'angoiße des pleurs, – que moi seul j'entendis le nom dans mon cœur; – &, malgré toute l'apparence de honte, – qui tant était en mon visage venue, – Amour me fit tourner vers elles. – Telle était

che facea ragionar di morte altrui :
— Deh, consoliam costui! —
pregava l'una l'altra umilemente;
e dicevan sovente :
— Che vedestú, che tu non hai valore? —
E quando un poco confortato fui,
io dissi : — Donne, dicerollo a vui. –
Mentr'io pensava la mia frale vita;
e vede 'l suo durar com'è leggero,
piansemi Amor nel core, ove dimora;
per che l'anima mia fu sí smarrita,
che sospirando dicea nel pensero :
– ben converrà che la mia donna mora! –
Io presi tanto smarrimento allora,
ch'io chiusi li occhi vilmente gravati;
e fuoron sí smagati
li spirti miei, che ciascun giva errando :
e poscia imaginando,
di canoscenza e di verità fora,
visi di donne m'apparver crucciati,
che mi dicean pur : – Morràti, morràti. –
Poi vidi cose dubitose molte
nel vano imaginar, dov'io entrai;
e d'esser mi parea non so in qual loco,
e veder donne andar per via disciolte,
qual lagrimando, e qual traendo guai,

à voir ma couleur, – qu'elle faisait parler de mort : – « Las! consolons-le », – priaient l'une à l'autre humblement; – & elles disaient souvent : – « Qu'as-tu donc vu, que tu n'as pas courage? » – Et quand je fus un peu réconforté, – je dis : « Dames, je le dirai à vous. — Pendant que je pensais à ma fragile vie, – & voyais sa durée combien elle est légère, – Amour me pleura dans le cœur, où il demeure; – par quoi mon âme fut si éperdue, – que soupirant je disais en ma pensée : – il faudra bien que ma Dame meure! – Je pris alors un tel égarement, – que je fermai les yeux lâchement alourdis; – & furent si affaiblis – mes Esprits, que chacun s'en allait errant. – Et ensuite (imaginant – hors de la connaissance & de la vérité), – des visages de dames m'apparurent désolés, – qui me disaient aussi : « Tu mourras, tu mourras! » — Puis je vis maintes choses douteuses – dans le vain rêve où j'entrai; – & il me semblait être en je ne sais quel lieu, – & voir des dames aller par la route échevelées, – une pleurant, une autre tirant

che di trestizia saettavan foco.
Poi mi parve vedere a poco a poco
turbar lo sole ed apparir la stella,
e pianger elli ed ella;
cader li augelli volando per l'âre,
e la terra tremare;
ed omo apparve scolorito e fioco,
dicendomi: – Che fai? non sai novella?
morta è la donna tua, ch'era sí bella. –
 Levava li occhi miei bagnati in pianti,
e vedea (che parean pioggia di manna)
li angeli che tornavan suso in cielo,
ed una nuvoletta avean davanti,
dopo la qual gridavan tutti: – Osanna –,
e s'altro avesser detto, a voi dirèlo.
Allor diceva Amor: – Piú nol ti celo;
vieni a veder nostra donna che giace. –
Lo imaginar fallace
mi condusse a veder madonna morta;
e quand'io l'ebbi scorta,
vedea che donne la covrían d'un velo;
ed avea seco umilità verace,
che parea che dicesse: – Io sono in pace! –
 Io divenía nel dolor sí umile,
veggendo in lei tanta umiltà formata,

des gémissements, – qui de tristesse dardaient le feu. – Puis il me sembla voir peu à peu – se troubler le soleil & apparaître l'étoile, – & pleurer lui & elle; – tomber les oiseaux volant par l'air, – & la terre trembler; – & un homme m'apparut décoloré & rauque, – qui me disait : « Que fais-tu? ne sais-tu la nouvelle? – Morte est ta Dame qui était si belle. » — Je levais mes yeux baignés dans les larmes, – & je voyais (ce semblait une pluie de manne) – les Anges qui retournaient en haut, au ciel : – & ils avaient devant eux une petite nue, – derrière laquelle ils criaient tous : « Hosanna »*; – & s'ils avaient dit autre chose, je vous le dirais. – Alors disait Amour : « Je ne te le cache plus; – viens voir notre Dame, elle gît. » – Le rêve trompeur – me conduisit à voir ma Dame morte; & quand je l'eus aperçue, – je vis que des dames la couvraient d'un voile; – & elle avait avec elle humilité si véritable, – qu'il semblait qu'elle dît : « Je suis dans la paix. » — Je devenais dans la douleur si humble, – voyant une*

ch'io dicea : – Morte, assai dolce ti tegno :
tu dèi omai esser cosa gentile,
poi che tu se' ne la mia donna stata,
e dèi aver pietate, e non disdegno.
Vedi che sí desideroso vegno
d'esser de' tuoi, ch'io ti somiglio in fede.
Vieni, ché 'l cor te chiede. –
Poi mi partía, consumato ogni duolo;
e quand'io era solo,
dicea guardando verso l'alto regno :
– Beato, anima bella, chi ti vede! –
Voi mi chiamaste allor, vostra mercede. —

telle humilité née en elle, – que je disais : « Mort, je te tiens pour très douce : – tu dois désormais être chose gentille, – puisque tu as été dans ma Dame, – & tu dois avoir pitié & non dédain. – Tu vois que si désireux je viens – d'être des tiens, que je te reſsemble vraiment. – Viens, car le cœur t'appelle. » – Puis je m'éloignais, tout le deuil étant consommé; – & quand j'étais seul, – je disais, regardant vers le Haut Royaume : – « Bienheureux qui te voit, âme belle! » – Vous m'appelâtes alors, merci à vous. »

Questa canzone ha due parti : ne la prima dico, parlando a indifinita persona, com' io fui levato d' una vana fantasia da certe donne, e come promisi loro di dirla : ne la seconda dico, come io dissi a loro. La seconda comincia quivi : *Mentr' io pensava la mia frale vita.* La prima parte si divide in due : ne la prima dico quello che certe donne, e che una sola, dissero e fecero per la mia fantasia, quanto è dinanzi ched io fossi tornato in verace condizione; ne la seconda dico quello che queste donne mi dissero, poi che io lasciai questo farneticare; e comincia questa parte quivi : *Era la voce mia.* Poscia quando dico : *Mentr' io pensava la mia*, dico com'io dissi loro questa

Cette chanson a deux parties : en la première je dis, parlant à une personne non désignée, comme je fus tiré d'une vaine imagination par certaines dames, & comment je leur promis de la leur dire : en la seconde je dis comment je la leur dis. La seconde commence là : Pendant que je pensais à ma fragile vie. *La première partie se divise en deux : en la première je dis ce que certaines dames, & ce qu'une seule, dirent & firent pendant mon rêve, c'eſt-à-dire avant que je fuſse revenu à la vérité des choses; en la seconde je dis ce que ces dames me dirent après que j'eus quitté cette frénésie; & cette partie commence là :* Ma voix était. *Ensuite quand je dis :* Pendant que je pensais, *je dis comment*

imaginazione; ed intorno a ciò foe due parti. Ne la prima dico per ordine questa imaginazione; ne la seconda, dicendo a che ora mi chiamaro, le ringrazio chiusamente; e comincia quivi questa parte : *Voi mi chiamaste.*

je leur ai dit cette même imagination; & au sujet de cela je fais deux parties. En la première, je dis par ordre cette imagination; en la seconde, disant à quel moment elles m'appelèrent, je les remercie brièvement, & cette partie commence là : Vous m'appelâtes.

XXIV

Appresso questa vana imaginazione, avvenne un die, che sedendo io pensoso in alcuna parte, ed io mi sentío cominciare un terremuoto nel cuore, cosí come io fossi stato presente a questa donna. Allora dico che mi giunse una imaginazione d'Amore : chè mi parve vederlo venire da quella parte ove la mia donna stava; e pareami che lietamente mi dicesse nel cor mio : — Pensa di benedicere lo dí che io ti presi, però che tu lo dèi fare. — E certo me parea avere lo cuore sí lieto, che non me parea che fosse lo mio core, per la sua nuova condizione. E poco dopo queste parole, che lo core mi disse con la lingua d'Amore, io vidi venire verso me una gentile donna, la quale era di famosa bieltade, e fue già molto donna di questo primo mio amico. E lo nome di questa donna era Giovanna, salvo che per la sua bieltade, secondo che altri crede, imposto l'era nome Primavera : e cosí era chiamata. E appresso lei guardando, vidi venire la mirabile Beatrice. Queste donne andaro

Après cette vaine imagination, il arriva un jour qu'étant assis pensif en quelque lieu, je me sentis commencer dans le cœur un tremblement, de même que si j'avais été en la présence de cette Dame. Alors je dis qu'il me vint une vision d'Amour; car il me sembla le voir venir de ce côté où était ma Dame; & il me semblait que joyeusement il me disait dans mon cœur : « Pense à bénir le jour où je t'ai pris, car tu le dois faire. » — Et assurément il me semblait avoir le cœur si joyeux qu'il ne me semblait pas que ce fût bien mon cœur, à cause de son nouvel état. Et peu après ces paroles que le cœur me dit avec la langue d'Amour, je vis venir vers moi une gentille dame, laquelle était de beauté renommée & qui fut jadis longtemps la dame de ce mien premier ami. Et le nom de cette dame était Giovanna; sauf que, pour sa beauté (selon que l'on croit), le surnom lui avait été imposé de Primavera; & ainsi était-elle appelée. Et regardant derrière celle-ci, je vis venir l'admirable Béatrice. Ces dames allèrent près de moi ainsi l'une après l'autre, & il me sembla qu'Amour me par-

presso di me cosí l'una appresso l'altra, e parve che Amore mi parlasse nel cuore, e dicesse : — Quella prima è nominata Primavera solo per questa venuta d'oggi; ché io mossi lo imponitore del nome a chiamarla cosí

lait dans le cœur & disait : « Cette première est nommée Primavera seulement à cause de cette arrivée d'aujourd'hui; car c'est moi qui poussai celui qui lui imposa ce nom à l'appeler ainsi Primavera, *c'est-à-dire* Prima verrà,

Primavera, ciò è *prima verrà*, lo díe che Beatrice si mosterrà dopo la imaginazione del suo fedele. E se anche voli considerare lo primo nome suo, tanto è quanto dire *prima verrà*, però che lo suo nome Giovanna è da quello Giovanni, lo qual pre-

la première elle viendra, le jour où Béatrice se montrera après la vision de son fidèle. Et si encore tu veux considérer son premier nom, il vaut autant à dire que Prima verrà, *parce que son nom Giovanna vient de ce Giovanni, lequel précéda la véritable*

cedette la verace luce, dicendo : *Ego vox clamans in deserto : parate viam domini.* — Ed anche mi parve che mi dicesse, dopo, queste parole : — E chi volesse sottilmente considerare, quella Beatrice chiamerebbe Amore, per molta simiglianza che ha meco. — Onde io poi ripensando, propuosi di scrivere in rima al mio primo amico (tacendomi certe parole le quali pareano da tacere), credendo io che ancora lo suo cuore mirasse la bieltade di questa Primavera gentile. Dissi questo sonetto, lo quale comincia cosí :

Lumière, disant : « Ego vox clamans in deserto : parate viam Domini. » — *Et il me sembla encore qu'il me disait ensuite ces paroles :* « *Et qui voudrait subtilement considérer, appellerait cette Béatrice Amour, pour la grande reßemblance qu'elle a avec moi.* » — *D'où vint qu'y repensant ensuite, je résolus d'écrire en rime à mon premier ami (en taisant certaines paroles qui paraißaient à taire), car je croyais qu'encore son cœur contemplait la beauté de cette gentille Primavera. Et je dis ce sonnet lequel commence ainsi :*

Io mi sentí' svegliar dentr' a lo core
un spirito amoroso che dormía :
e poi vidi venir da lungi Amore
allegro sí, che appena il conoscía;
dicendo : — Or pensa pur di farmi onore —,
e 'n ciascuna parola sua ridía.
E, poco stando meco il mio Segnore,
guardando in quella parte, onde venía,
io vidi monna Vanna e monna Bice
venire invêr lo loco là ov' io era,
l'una appresso de l'altra maraviglia;
e sí come la mente mi ridice,
Amor mi disse : — Quell' è Primavera,
e quell' ha nome Amor, sí mi somiglia. —

Je me sentis éveiller dans le cœur – un Esprit amoureux qui dormait : – & puis je vis venir de loin Amour – joyeux tellement, qu'à peine je le connaißais; — disant : « Ore pense donc à me faire honneur »; & en chacune de ses paroles il riait. – Et comme un peu restait avec moi mon Seigneur, – en regardant vers ce côté d'où il venait, — je vis Monna Vanna & Monna Bice – venir vers le lieu où j'étais, – l'une après l'autre merveille; — &, ainsi que mon âme me le redit, – Amour me dit : « Celle-ci est Primavera, - & celle-là a nom Amour, tant elle me reßemble. »

Questo sonetto ha molte parti : la prima de le quali dice, come io mi sentí' svegliare lo tremore usato nel

Ce sonnet a plusieurs parties : la première desquelles dit comme je me sentis éveiller en le cœur le tremblement fami-

cuore, e come parve che Amore m'apparisse allegro nel mio cuore da lunga parte; la seconda dice, come mi parea che Amore mi dicesse nel mio cuore, e quale mi parea; la terza dice come, poi che questi fue alquanto stato meco cotale, io vidi ed udío certe cose. La seconda parte comincia quivi : *dicendo : Or pensa pur di farmi onore*; la terza quivi : *E poco stando*. La terza parte si divide in due : ne la prima dico quello ch' io vidi; ne la seconda dico quello ch' io udío. La seconda comincia quivi : *Amor mi diße.*

lier, & comme il sembla qu' Amour m'apparut de loin joyeux en mon cœur; la seconde dit comme il me semblait qu' Amour me parlait dans mon cœur, & quel il me semblait; la troisième dit comment, après que celui-ci fut ainsi resté quelque peu avec moi, je vis & j'entendis certaines choses. La seconde partie commence là : disant : Ore pense donc; *la troisième là :* Et comme un peu. *La troisième partie se divise en deux : en la première je dis ce que je vis; en la seconde je dis ce que j'entendis; elle commence là :* Amour me dit.

XXV

Potrebbe qui dubitare persona degna da dichiararle ogni dubitazione, e dubitare potrebbe di ciò ch' io dico d'Amore, come se fosse una cosa per sè, e non solamente sustanzia intelligente, ma sí come fosse sustanzia corporale. La qual cosa, secondo la verità, è falsa; ché Amore non é per sé sí come sustanzia, ma è uno accidente in sustanzia. E che io dica di lui come se fosse corpo, e ancora sí come fosse uomo, appare per tre cose che dico di lui. Dico che lo vidi venire; onde, con ciò sia cosa che venire dica lo moto locale e localmente mobile per sé, secondo lo filosofo, sia solamente corpo, appare che io ponga Amore essere corpo. Dico anche di lui che ridea, ed anche che parlava; le quali cose paiono essere proprie de l'uomo, e spezialmente essere risibile; e però

Ici pourrait douter une personne, digne que tous ses doutes fußent éclaircis; elle pourrait avoir doutes au sujet de ceci, que je parle d' Amour comme s'il était une chose par lui-même, & non pas seulement une substance intelligente, mais comme s'il était une substance corporelle. Laquelle chose, selon la vérité, est fauße; car Amour n'est pas par soi comme substance, mais est un accident en la substance. Et que je parle de lui comme s'il était corps, & encore même comme s'il était homme, cela apparaît par trois choses que je dis de lui. Je dis que je le vis venir; außi, étant donné que venir *désigne le mouvement local, & que le corps seulement, selon le Philosophe, est mobile localement, il apparaît que je pose ainsi qu' Amour est corps. Je dis außi de lui qu'il riait, & encore qu'il*

appare ch'io ponga lui essere uomo. A cotale cosa dichiarare, secondo che è buono a presente, prima è da intendere, che anticamente non erano dicitori d'Amore in lingua volgare, anzi erano dicitori d'Amore certi poete in lingua latina : tra noi, dico, avegna forse che tra altra gente adivenisse e adivegna ancora sí come in Grecia, non volgari ma litterati poete queste cose trattavano. E non è molto numero d'anni passato, che apparirono prima questi poete volgari; ché dire per rima in volgare tanto è quanto dire per versi in latino, secondo alcuna proporzione. E segno che sia picciolo tempo è, che, se volemo cercare in lingua d'*oco* e in lingua di *sí*, noi non troviamo cose dette anzi lo presente tempo per cento e cinquanta anni. E la cagione, per che alquanti grossi ebbero fama di sapere dire, è che quasi fuoro li primi, che dissero in lingua di *sí*. E 'l primo, che cominciò a dire sí come poeta volgare, si mosse però che volle fare intendere le sue parole a donna, a la quale era malagevole d'intendere li versi latini. E questo è contra coloro, che rimano sopr'altra matera che amorosa; con ciò sia cosa che cotale modo di parlare fosse dal principio trovato per dire d'Amore. Onde, con ciò sia cosa che a li poete sia conceduto maggiore licenzia di parlare che a li prosaici dittatori, e questi dicitori per rima non siano altro che poete volgari, degno è e ragionevole, che a loro sia maggiore licenza largita di parlare, che a li altri parlatori volgari : onde, se alcuna figura o colore retorico è conceduto a li poete, conce-

parlait; lesquelles choses semblent être propres de l'homme, & spécialement être capable de rire; & par là il apparaît que je pose qu'il est homme. Pour éclaircir une telle chose, selon qu'il est bon pour le présent, il faut d'abord entendre qu'anciennement il n'était pas de diseurs d'Amour en langue vulgaire; mais au contraire étaient diseurs d'Amour certains poètes en langue latine; chez nous, dis-je, — (encore peut-être que chez d'autres nations il soit arrivé & arrive encore de même, comme en Grèce), — ce n'étaient pas des poètes vulgaires, mais lettrés qui traitaient de ces choses. Et il n'y a pas un grand nombre d'années passées, que d'abord apparurent ces poètes vulgaires; car dire par rime *en vulgaire est autant que dire* par vers *en latin, à quelque chose près. Et la preuve qu'il y a peu de temps, c'est que, si nous voulons chercher, en langue* d'oc *& en langue de* si, *nous ne trouverons pas de choses ainsi dites, avant le présent temps, depuis plus de cent cinquante ans. Et la raison pour laquelle certains hommes épais eurent renommée de savoir dire, c'est qu'ils furent quasi les premiers à dire en langue de* si. *Et le premier qui commença à dire comme poète vulgaire, l'entreprit parce qu'il voulut faire entendre ses paroles à une dame, à laquelle il était difficile d'entendre les vers latins. Et ceci est contre ceux qui riment sur autre matière qu'amoureuse; étant donné qu'une telle façon de parler fut trouvée au commencement pour dire d'Amour. Aussi, comme il*

duto è a li rimatori. Dunque se noi vedemo, che li poete hanno parlato a le cose inanimate sí come se avessero senso e ragione, e fattele parlare insieme; e non solamente cose vere, ma cose non vere (ciò è che detto hanno, di cose le quali non sono, che parlano, e detto che molti accidenti parlano, sí come se fossero sustanzie ed uomini); degno è 'l dicitore per rima di fare lo somigliante, ma non sanza ragione alcuna, ma con ragione, la quale poi sia possibile ad aprire per prosa. Che li poete abbiano cosí parlato, come detto è, appare per Vergilio; lo qual dice che Giuno, ciò è una dea nemica de li Troiani, parlòe ad Eolo segnore de li venti, quivi nel primo de lo *Eneida : Aeole, namque tibi*, e che questo segnore le rispuose quivi : *Tuus, o regina, quid optes explorare labor; michi jußa capeßere fas est.* Per questo medesimo poeta parla la cosa, che non è animata, a le cose animate nel terzo de lo *Eneida*, quivi : *Dardanidae duri.* Per Lucano parla la cosa animata a la cosa inanimata, quivi : *Multum, Roma, tamen debes civilibus armis.* Per Orazio parla l'uomo a la sua scienzia medesima, sí come ad altra persona; e non solamente sono parole d'Orazio, ma dicele quasi ne lo modo del buono Omero, quivi ne la sua *Poetria : Dic michi, Musa, virum.* Per Ovidio parla Amore sí come se fosse persona umana, nel principio del libro c'ha nome *Remedio d'Amore*, quivi : *Bella michi, video, bella parantur, ait.* E per questo puote essere manifesto a chi dubita in alcuna parte di questo mio libello. E acciò che non ne pigli alcuna baldanza persona

*eſt concédé aux poètes une plus grande licence de parler qu'à ceux qui écrivent en proſe; & comme ces diseurs par rime ne sont autre chose que des poètes vulgaires, il eſt juſte & raisonnable que leur soit accordée une licence de parler plus grande qu'aux autres parleurs vulgaires : par suite, si aucune figure ou couleur rhétorique eſt concédée aux poètes, elle eſt concédée aux rimeurs. Donc, si nous voyons que les poètes ont parlé aux choses inanimées, comme si elles avaient sens & raison, & les ont fait parler ensemble; & non seulement les choses vraies, mais les choses non vraies; — (& ils ont dit, en effet, de choses qui ne sont pas, qu'elles parlent; ils ont dit que beaucoup d'*accidents *parlent, comme s'ils étaient des subſtances & des hommes); — il eſt juſte que le diseur par rime faße semblable chose, non pas sans aucune raison, mais avec une raison qu'il soit poßible ensuite d'expliquer au moyen de la prose. Que les poètes aient parlé ainsi que je l'ai dit, cela apparaît par Virgile; car il dit que Junon, c'eſt-à-dire une déeße ennemie des Troyens, parla à Éole seigneur des vents, — là — au premier de l'Énéide :* Æole, namque tibi, *& que ce seigneur lui répondit, — là — :* Tuus, o regina, quid optes explorare labor; michi jussa capessere fas est. *Par ce même poète, la chose qui n'eſt pas animée parle aux choses animées, au troisième de l'Énéide, — là — :* Dardanidæ duri. *Par Lucain, la chose animée parle à la chose inanimée,*

grossa, dico che né li poete parlano cosí sanza ragione, né quelli che rimano deono parlare cosí, non avendo alcuno ragionamento in loro di quello che dicono; però che grande vergogna sarebbe a colui che rimasse cose sotto vesta di figura o di colore retorico, e domandato non sapesse denudare le sue parole da cotale vesta, in guisa che avessero verace intendimento. E questo mio primo amico ed io ne sapemo bene di quelli che cosí rimano stoltamente.

— là — : Multum, Roma, tamen debes civilibus armis. *Par Horace, l'homme parle à sa science même, comme à une autre personne; & non seulement ce sont paroles d'Horace, mais il les dit presque en la façon du bon Homère, — là, dans sa* Poetria — : Dic michi, Musa, virum. *Par Ovide, parle Amour comme s'il était une personne humaine, au commencement du livre qui a nom :* Remède d'Amour, *— là — :* Bella michi, video, bella parantur, ait. — *Et par cela peut être éclairé qui a des doutes sur quelque partie de ce mien petit livre. Et afin que n'en prenne aucune hardieſſe une personne d'eſprit épais, je dis que ni les poètes sans raison ne parlent ainsi, ni ne doivent ainsi parler ceux qui riment, sans avoir en eux-mêmes quelque raisonnement sur ce qu'ils disent; car grande honte serait-ce à qui rime des choses sous vêtement de figure & de couleur rhétorique, si ensuite interrogé, il ne savait dépouiller ses paroles d'un semblable vêtement, de façon qu'elles euſſent un sens véritable. Et ce mien premier ami & moi, nous en connaiſſons bien, de ceux qui riment ainsi sottement.*

XXVI

Questa gentilissima donna, di cui ragionato è ne le precedenti parole, venne in tanta grazia de le genti, che quando passava per via, le persone correano per vedere lei; onde mirabile letizia me ne giugnea. E quando ella fosse presso d'alcuno, tanta onestade giungea nel cuore di quello, che non ardía di levare li occhi, nè di rispondere al suo saluto; e di questo molti, sí come esperti, mi potrebbero testimoniare a chi nollo credesse. Ella coronata e vestita d'umiltade s'an-

Cette très gentille Dame, dont il eſt parlé dans les précédentes paroles, vint en telle grâce auprès des gens, que quand elle paſſait par le chemin, les personnes couraient pour la voir; d'où m'en arrivait une merveilleuse joie. Et quand elle était près de quelqu'un, une telle pudeur venait en le cœur de celui-ci, qu'il n'osait lever les yeux ni répondre à son salut. Et de cela, plusieurs, comme l'ayant éprouvé, me pourraient porter témoignage, pour qui ne le croirait pas. Et elle, couronnée & vêtue d'humilité, s'en allait, ne montrant au-

dava, nulla gloria mostrando di ciò ch'ella vedea e udía. Diceano molti, poi che passata era : — Questa non è femina, anzi è uno de li bellissimi angeli del cielo. — Ed altri diceano : — Questa è una maraviglia; che benedetto sia lo Segnore che sí mirabilemente sae adoperare! — Io

cune gloire de cela qu'elle voyait & entendait. Beaucoup disaient, après qu'elle était paſſée : « Celle-ci n'eſt pas une femme, mais un des très beaux anges du ciel. » — Et d'autres disaient : « Celle-ci eſt une merveille; que béni soit le Seigneur qui si admirablement sait faire! » — Je dis qu'elle se

dico ch'ella si mostrava sí gentile e sí piena di tutti li piaceri, che quelli che la miravano comprendeano in loro una dolcezza onesta e soave tanto che ridire nollo sapeano; né alcuno era lo quale potesse mirare lei, che nel principio non gli convenisse sospirare. Queste e piú mirabili cose da lei procedeano virtuosamente. Onde

montrait si gentille & si pleine de toutes les plaisances, que ceux qui la contemplaient recevaient en eux une douceur honnête & suave, tellement qu'ils ne le savaient redire; & il n'était personne qui la pût contempler, qui en l'abord ne dût soupirer. Ces choses & de plus admirables procédaient d'elle par l'effet de sa vertu.

IMPRIMERIE NATIONALE.

io pensando a ciò, volendo ripigliare lo stilo de la sua loda, propuosi di dire parole, ne le quali dessi ad intendere de le sue mirabili ed eccellenti operazioni; acciò che non pur coloro che la poteano sensibilemente vedere, ma gli altri sappiano di lei quello che per le parole ne posso fare intendere. Allora dissi questo sonetto, il quale comincia cosí :

D'où vint que pensant à cela, & voulant reprendre le style de sa louange, je résolus de dire des paroles en lesquelles je donnerais à entendre sur ses admirables & excellentes opérations; afin que non seulement ceux qui la pouvaient sensiblement voir, mais les autres encore sachent d'elle ce que par les paroles je puis en faire entendre. Alors je dis ce sonnet qui commence ainsi :

Tanto gentile e tanto onesta pare
la donna mia, quand' ella altrui saluta,
ch' ogne lingua deven tremando muta,
e gli occhi no l' ardiscon di guardare.
Ella si va, sentendosi laudare,
benignamente e d' umiltà vestuta;
e par che sia una cosa venuta
dal cielo in terra a miracol mostrare.
Mostrasi sí piacente a chi la mira,
che dà per li occhi una dolcezza al core,
che 'ntender nolla può chi nolla prova.
E par che de la sua labbia si mova
un spirito soave pien d' amore,
che va dicendo a l' anima : — Sospira! —

Tant gentille & tant honnête paraît – ma Dame, quand elle salue quelqu'un, – que toute langue en tremblant devient muette, – & les yeux ne l'osent regarder. — Elle s'en va, quand elle s'entend louer, – bénignement & d'humilité vêtue; – & il semble qu'elle soit une chose venue – du ciel en terre pour miracle montrer. — Elle se montre si plaisante à qui la contemple, – qu'elle donne par les yeux une douceur au cœur – que comprendre ne peut qui ne l'éprouve. — Et il semble que de sa figure parte – un Esprit suave plein d'amour – qui va disant à l'âme : « Soupire! »

Questo sonetto è sí piano ad intendere, per quello che narrato è dinanzi, che non abbisogna d' alcuna divisione; e però lassando lui, dico che questa mia donna venne in tanta grazia, che non solamente ella era onorata e laudata, ma per lei erano onorate e laudate

Ce sonnet est si clair à entendre, par ce qui est ci-dessus narré, qu'il n'a besoin d'aucune division; aussi, le laissant là, je dis que cette mienne Dame vint en telle grâce, que non seulement elle était honorée & louée, mais par elle plusieurs étaient honorées

molte. Ond'io veggendo ciò e volendolo manifestare a chi ciò non vedea, propuosi anche di dire parole, ne le quali ciò fosse significato : e dissi

& louées. Außi moi voyant cela & le voulant manifester à qui ne le voyait pas, je résolus encore de dire des paroles, en lesquelles cela serait signifié;

allora questo sonetto, che comincia : *Vede perfettamente ogne salute*, lo quale narra di lei come la sua vertude adoperava ne l'altre, sí come appare ne la sua divisione.

& je dis alors cet autre sonnet qui commence : Il voit parfaitement tout salut, *lequel narre d'elle comment sa vertu opérait dans les autres, ainsi qu'il apparaît en sa division.*

Vede perfettamente ogne salute
chi la mia donna tra le donne vede;
quelle, che vanno con lei, son tenute
di bella grazia a Dio render mercede.

Il voit parfaitement tout salut – qui voit ma Dame parmi les dames; – celles qui vont avec elles sont tenues – de rendre à Dieu d'une belle grâce merci. – Et

E sua beltate è di tanta vertute,
che nulla invidia a l'altre ne procede,
anzi le face andar seco vestute
di gentilezza e d'amore e di fede.
La vista sua fa ogni cosa umíle,
e non fa sola sé parer piacente,
ma ciascuna per lei riceve onore.
Ed è negli atti suoi tanto gentile,
che nessun la si può recare a mente,
che non sospiri in dolcezza d'amore.

sa beauté eſt de telle vertu, – qu'aucune envie aux autres n'en procède, – mais bien les fait aller avec elle, vêtues – de gentilleſſe, & d'amour & de foi. — Sa vue fait humble toute chose, – & non pas elle seule fait paraître plaisante; – mais chacune par elle reçoit honneur. — Et elle eſt en son action tant gentille, – que nul ne se la peut rappeler à l'eſprit, – qu'il ne soupire en douceur d'amour.

Questo sonetto ha tre parti; ne la prima dico tra che gente questa donna piú mirabile parea; ne la seconda dico sí com'era graziosa la sua compagnia; ne la terza dico di quelle cose che vertuosamente operava in altrui. La seconda parte comincia quivi : *quelle, che vanno*; la terza quivi : *E sua beltate.* Questa ultima parte si divide in tre : ne la prima dico quello che operava ne le donne, ciò è per loro medesime; ne la seconda dico quello che operava in loro per altrui; ne la terza dico come non solamente ne le donne, ma in tutte le persone, e non solamente la sua presenza, ma, ricordandosi di lei, mirabilemente operava. La seconda comincia quivi : *La viſta sua*; la terza quivi : *Ed è negli atti suoi.*

Ce sonnet a trois parties : en la première je dis parmi quelles gens cette Dame paraiſſait plus admirable; en la seconde je dis comme était gracieuse sa compagnie; en la troisième je parle des choses qu'elle opérait par sa vertu en autrui. La seconde partie commence là : celles qui vont; *la troisième là :* Et sa beauté. *Cette dernière partie se divise en trois : en la première je dis ce qu'elle opérait en les dames, à savoir pour elles-mêmes; en la seconde je dis ce qu'elle opérait en elles pour autrui; en la troisième je dis comment non seulement elle opérait en les dames, mais en toutes les personnes, & non seulement elle opérait merveilleusement par sa présence mais encore quand on se souvenait d'elle. La seconde commence là :* Sa vue; *la troisième là :* Et elle est en son action.

XXVII

ppresso ciò, comincia' a pensare uno giorno sopra quello che detto avea de la mia donna, ciò è in questi due sonetti precedenti; e veggendo nel mio pensiero che io non avea detto di quello che al presente tempo adoperava in me, pareami defettivamente avere parlato; e però propuosi di dire parole, ne le quali io dicessi come mi parea essere disposto a la sua operazione, e come operava in me la sua vertude. E non credendo potere ciò narrare in brevitade di sonetto, cominciai allora una canzone, la qual comincia :

près cela, je commençai à penser un jour sur ce que j'avais dit de ma Dame, à savoir en ces deux sonnets précédents; & voyant en ma pensée que je n'avais pas parlé de ce que, dans le moment présent, elle opérait en moi, il me semblait avoir parlé défectueusement; & donc je résolus de dire des paroles en lesquelles je dirais comment il me semblait que je fusse disposé à son opération, & comment en moi opérait sa vertu. Et ne croyant pas pouvoir narrer cela en la brièvete d'un sonnet, je commençai alors une chanson, laquelle commence :

Sí lungiamente m'ha tenuto Amore,
e costumato a la sua segnoria,
che sí com'elli m'era forte in pria,
cosí mi sta soave ora nel core.
Però quando mi tolle sí 'l valore,
che li spiriti par che fuggan via,
allor sente la frale anima mia
tanta dolcezza, che 'l viso ne smore.
Poi prende Amore in me tanta vertute,
che fa li spirti miei gire parlando;
ed escon for chiamando
la donna mia, per darmi piú salute.
Questo m'avvene ovunqu' ella mi vede,
e sí è cosa umil, che nol si crede.

Si longuement m'a tenu Amour – & accoutumé à sa seigneurie, – que, comme il m'était puissant d'abord, – ore ainsi me reste-t-il suave en le cœur. – Quand donc il m'enlève tellement le courage – qu'il semble que les Esprits s'enfuient, – alors éprouve mon âme frêle – tant de douceur que le visage en pâlit. – Puis Amour prend en moi telle vertu, – qu'il fait que mes soupirs s'en vont parlant; – & ils sortent dehors appelant – ma Dame, pour me plus donner salut. – Cela m'advient où qu'elle me voie, & c'est chose si humble qu'elle ne se peut croire.

XXVIII

Quomodo sedet sola civitas plena populo! Facta est quasi vidua domina gentium. Io era nel proponimento ancora di questa canzone, e compiuta n'avea questa soprascritta stanzia, quando lo Signore de la giustizia chiamoe questa gentilissima a gloriare sotto la 'nsegna di quella reina

Quomodo sedet sola civitas plena populo! Facta est quasi vidua domina gentium. — *J'étais encore dans le projet de cette chanson & j'en avais achevé cette susdite stance, quand le Seigneur de la justice appela cette Très Gentille à se glorifier sous les enseignes de la reine benoite Marie, dont le nom fut en*

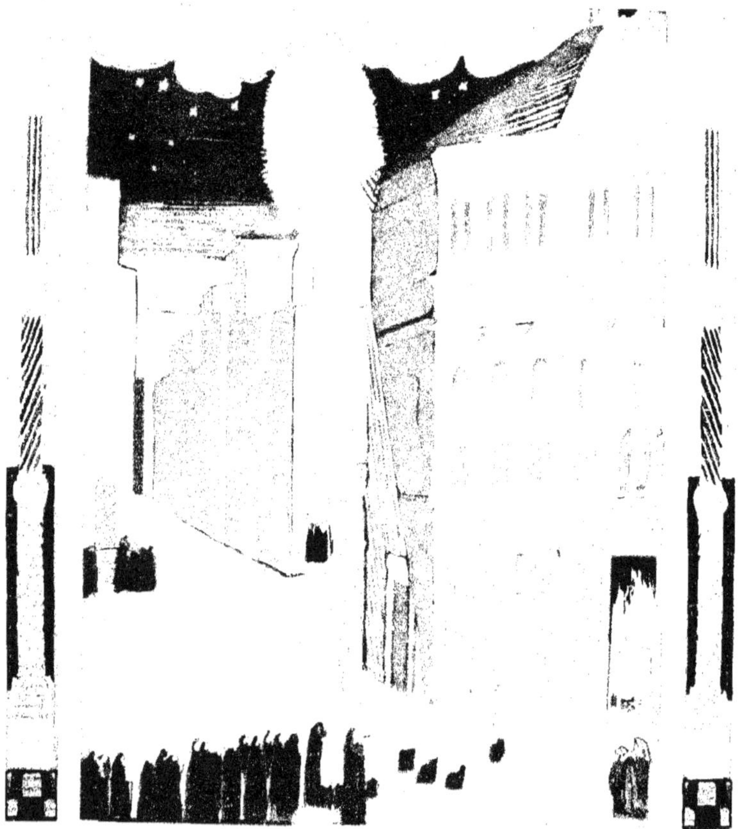

benedetta Maria lo cui nome fue in grandissima reverenzia ne le parole di questa Beatrice beata. E avvegna che forse piacerebbe a presente trattare alquanto de la sua partita da noi, non è lo mio intendimento di trattarne qui per tre ragioni : la prima che ciò non è del presente proposito, se volemo guardare nel proemio che precede questo libello; la seconda si è che, posto che fosse del presente proposito, ancora non sarebbe sofficiente la mia lingua a trattare, come si converrebbe, di ciò; la terza si è che, posto che fosse l'uno e l'altro, non è convenevole a me trattare di ciò, per quello che, trattando, converrebbe essere me laudatore di me medesimo, la qual cosa è al postutto biasimevole a chi lo fae : e però lascio cotale trattato ad altro chiosatore. Tuttavia, però chè molte volte lo numero del nove ha preso luogo tra le parole dinanzi, onde pare che sia non sanza ragione, e ne la sua partita cotale numero pare ch'avesse molto luogo, conviensi di dire quindi alcuna cosa, acciò che pare al proposito convenirsi. Onde prima dirò come ebbe luogo ne la sua partita, e poi n'assegnerò alcuna ragione, per che questo numero fue a lei cotanto amico.

très grande révérence en les paroles de cette béate Béatrice. Et bien que peut-être il pourrait convenir de traiter maintenant quelque peu de sa départie d'avec nous, ce n'eſt pas mon intention d'en traiter ici, pour trois raisons : la première eſt que cela n'eſt pas de mon présent deſſein, si nous voulons regarder au préambule qui précède ce petit livre. La seconde eſt que, fût-ce encore du présent deſſein, ma langue ne serait pas capable d'en traiter, comme il conviendrait. La troisième eſt que, encore l'une & l'autre chose fût-elle, il n'eſt pas convenable à moi de traiter de cela, pour cette raison que, en traitant, il me faudrait être louangeur de moi-même, laquelle chose eſt par-deſſus tout blâmable à qui la fait; & donc je laiſſe à traiter de cela à un autre gloſſateur. Toutefois parce que maintes fois le nombre neuf a pris place dans les paroles ci-deſſus, d'où il paraît que cela n'eſt pas sans raison, & parce que, dans sa départie, ce nombre semble avoir eu beaucoup de place, il sied donc d'en dire ici quelque chose, car cela semble convenir au propos. Je dirai donc d'abord comment il eut place dans sa départie, & puis j'en donnerai quelques raisons, pour quoi ce nombre fut à elle si ami.

XXIX

Io dico che, seconda l'usanza d'Arabia, l'anima sua nobilissima si partío ne la prima ora del nono giorno del mese; e secondo l'usanza di Siria, ella si partío nel nono mese de l'anno, però che 'l

primo mese è ivi Tisirin primo, lo quale è a noi Ottobre. E secondo l'usanza nostra, ella si partío in quello anno de la nostra indizione, ciò è de li anni Domini, in cui lo perfetto numero era compiuto nove volte in quello centinaio, nel quale in questo mondo ella fue posta: ed ella fue de li cristiani del terzodecimo centinaio. Perché questo numero fosse in tanto amico di lei, questo potrebbe essere una ragione, con ciò sia cosa che, secondo Tolomeo e secondo la christiana veritade, nove siano li cieli che si muovono, e secondo comune opinione astrologa li detti cieli

Je dis que, selon l'usage d'Arabie, son âme très noble partit en la première heure du neuvième jour du mois; &, selon l'usage de Syrie, elle partit en le neuvième mois de l'année; car le premier mois est là-bas Tisirin, lequel pour nous est Octobre. Et, selon notre usage, elle partit en cette année de notre Indiction, c'est-à-dire des ans du Seigneur, en laquelle le nombre parfait était neuf fois achevé en cette centaine où elle fut en ce monde placée : & elle fut des chrétiens de la treizième centaine. Pourquoi ce nombre lui fut tant ami, voici une raison qui en pourrait être : étant donné que, selon Ptolémée, & selon la chrétienne vérité, neuf sont les ciels qui se meuvent, & que, selon la commune opinion astrologique, lesdits ciels opèrent ici-bas selon leur situation réciproque, ce nombre lui fut ami

adoperino qua giuso secondo la loro abitudine insieme : questo numero fue amico di lei per dare a intendere, che ne la sua generazione tutti e nove li mobili cieli perfettissimamente s'avíano insieme. Questa è una ragione di ciò; ma piú sottilmente pensando, e secondo la infallibile verità, questo numero fue ella medesima; per similitudine dico, e ciò intendo cosí. Lo numero del tre è la radice del nove però che sanza numero altro alcuno, per sè medesimo fa nove, sí come vedemo manifestamente che tre via tre fa nove. Dunque se 'l tre è fattore per sè medesimo del nove, e cosí il fattore de' miracoli è tre, ciò è Padre e Figliuolo e Spirito santo, li quali sono tre ed uno; questa donna fue accompagnata da questo numero del nove a dare ad intendere, ch'ella era un nove, ciò è uno miracolo, la cui radice, ciò è del miracolo, è solamente la mirabile Trinitade. Forse ancora per piú sottile persona si vedrebbe in ciò piú sottile ragione; ma questa è quella ch'io ne veggio, e che piú mi piace.

pour donner à entendre qu'en sa génération tous les neuf ciels mobiles se trouvaient réciproquement en situation très parfaite. C'eſt une des raisons de cela; mais plus subtilement y pensant, & selon l'infaillible vérité, ce nombre fut elle-même; je le dis par similitude, & je l'entends ainsi : le nombre trois eſt la racine de neuf, car sans autre nombre & multiplié par lui-même, il fait neuf, comme nous voyons manifeſtement que trois fois trois font neuf. Donc, si le trois eſt par lui-même facteur du neuf, & que le facteur des miracles par lui-même eſt trois, à savoir : Père, Fils & Eſprit-Saint, lesquels sont trois & un, cette Dame fut accompagnée de ce nombre neuf, pour donner à entendre qu'elle était un neuf, *c'eſt-à-dire un miracle, dont la racine — (la racine, veux-je dire, du miracle) — ne peut être que l'admirable Trinité. Peut-être encore par plus subtile personne se pourrait-il voir en cela plus subtile raison; mais celle-ci eſt celle que j'en vois, & qui plus me plaît.*

XXX

Poi che fue partita da questo secolo, rimase tutta la sopradetta cittade quasi vedova e dispogliata da ogni dignitade; onde io, ancora lagrimando in questa desolata cittade, scrissi a li principi de la terra

Après que la très gentille Dame fut partie de ce siècle, toute la susdite cité reſta comme veuve & dépouillée de toute dignité; d'où vint que moi, pleurant encore en cette cité désolée, j'écrivis aux principaux du pays sur sa condition, prenant ce

IMPRIMERIE NATIONALE.

alquanto de la sua condizione, pigliando quello cominciamento di Geremia profeta che dice : *Quomodo sedet sola.* E questo dico, acciò che altri non si maravigli, perché io l'abbia allegato di sopra, quasi come entrata de la nova materia che appresso viene. E se alcuno volesse me riprendere di ciò, ch'io non iscrivo qui le parole che seguitano a quelle allegate, scusomene, però che lo 'ntendimento mio non fue dal principio di scrivere altro che per volgare : onde, con ciò sia cosa che le parole, che seguitano a quelle che sono allegate, siano tutte latine, sarebbe fuori del mio intendimento se le scrivessi; e simile intenzione so ch'ebbe questo mio primo amico, a cui io ciò scrivo, ciò è ch'io li scrivessi solamente in volgare.

commencement à Jérémie prophète qui dit : Quomodo sedet sola ! — *Et je dis cela, afin que nul ne s'étonne que je l'aie allégué ci-deßus, comme entrée du nouveau sujet qui vient ensuite. Et si quelqu'un voulait me reprendre de cela, que je n'écris pas ici les paroles qui suivent celles qui sont alléguées, je m'en excuse, parce que mon deßein ne fut pas, dès le principe, d'écrire autrement qu'en vulgaire : außi, alors que les paroles qui suivent celles qui sont alléguées sont toutes latines, ce serait hors de mon deßein si je les écrivais : & je sais que semblable intention a eue ce mien premier ami à qui j'écris ceci, aßavoir que je lui écriviße seulement en vulgaire.*

XXXI

Poi che li miei occhi ebbero per alquanto lagrimato un tempo, e' tanto affaticati erano che non poteano disfogare la mia trestizia, onde pensai di volere sfogarla con alquante parole dolorose; e però propuosi di fare una canzone, ne la quale piangendo ragionassi di lei, per cui tanto dolore era fatto distruggitore de la mia anima; e cominciai allora una canzone, la qual comincia : *Li occhi dolenti per pietà del core.* Ed acciò che questa canzone paia rimanere piú vedova dopo lo

près que mes yeux eurent quelque temps pleuré, ils étaient si fatigués qu'ils ne pouvaient soulager ma tristeße; je pensai donc vouloir la dißiper avec quelques paroles douloureuses; & ainsi je me résolus de faire une chanson, en laquelle en pleurant je parlerais de Celle, par qui une telle douleur s'était faite destructrice de mon âme; & je commençai alors une chanson, laquelle commence : Les yeux dolents par pitié du cœur. *Afin que cette chanson semble rester plus veuve après sa fin, je la diviserai avant que je l'écrive : & dorénavant je tiendrai*

suo fine, la dividerò prima che io la scriva : e cotale modo terrò da qui innanzi. Io dico che questa cattivella canzone ha tre parti : la prima è proemio; ne la seconda ragiono di lei; ne la terza parlo a la canzone pietosamente. La seconda parte comincia quivi : *Ita n'è Beatrice*; la terza quivi : *Pietosa mia canzone*. La prima parte si divide in tre : ne la prima dico perché io mi muovo a dire; ne la seconda dico, a cu'io voglio dire; ne la terza dico, di cui io voglio dire. La seconda comincia quivi : *E perché mi ricorda*; la terza quivi : *e dicerò*. Poscia quando dico : *Ita n'è Beatrice*, ragiono di lei, e intorno a ciò foe due parti. Prima dico la cagione per che tolta ne fue; appresso dico come altri si piange de la sua partita, e comincia questa parte quivi : *Partissi de la sua*. Questa parte si divide in tre : ne la prima dico chi non la piange; ne la seconda dico chi la piange; ne la terza dico de la mia condizione. La seconda comincia quivi : *ma ven trestizia e voglia*; la terza quivi : *Dannomi angoscia li sospiri miei*. Poscia quando dico : *Pietosa mia canzone*, parlo a questa canzone disignandole a quali donne se ne vada, e steasi con loro.

cette manière. Je dis que cette pauvrette chanson a trois parties : la première est un préambule; en la seconde je parle d'elle; en la troisième je parle à la chanson piteusement. La seconde commence là : Béatrice s'en est allée; *la troisième là :* Ma piteuse Chanson. *La première partie se divise en trois : en la première je dis pourquoi j'entreprends de dire; en la seconde je dis à qui je veux dire; en la troisième je dis de quoi je veux dire. La seconde commence là :* Et comme je me rappelle; *la troisième là :* Et je dirai. *Puis quand je dis :* Béatrice s'en est allée, *je parle d'elle, & à ce sujet, je fais deux parties. D'abord je dis l'occasion par laquelle elle fut enlevée; après je dis comment les gens pleurent de son départ; & cette partie commence là :* Elle s'est départie. *Cette partie se divise en trois : en la première je dis qui ne la pleure pas; en la seconde je dis qui la pleure; en la troisième je parle de ma condition. La seconde commence là :* Mais vient une tristesse & une volonté; *la troisième là :* Ils me donnent angoisse. *Puis quand je dis :* Ma piteuse Chanson, *je parle à cette mienne chanson, lui désignant les dames vers lesquelles elle doit aller pour rester avec elles.*

Li occhi dolenti per pietà del core
hanno di lagrimar sofferta pena,
sí che per vinti son remasi omai.
Ora, s'i' voglio sfogar lo dolore,

Les yeux dolents par pitié du cœur – ont de pleurer souffert la peine, – si bien que pour vaincus ils restent désormais. – Ore si je veux soulager la douleur, – qui

che a poco a poco a la morte mi mena,
convïemmi parlar traendo guai.
E perché mi ricorda che io parlai
de la mia donna, mentre che vivía,

donne gentili, volontier con vui,
non voi' parlare altrui,
se no a core gentil che in donna sia;
e dicerò di lei piangendo, pui

peu à peu à la mort me mène, – il convient que je parle en tirant des soupirs. – Et comme je me rappelle que je parlai – de ma Dame, pendant qu'elle vivait, – dames gentilles, volontiers avec vous, – je ne veux pas parler à d'autres, – sinon à cœur gentil qui soit en une dame. – Et je dirai d'elle en pleurant, puis – qu'ainsi

che sí n'è gita in ciel subitamente,
e ha lasciato Amor meco dolente.
Ita n'è Beatrice 'n l'alto cielo,
nel reame ove li angeli hanno pace,
e sta con loro; e voi, donne, ha lassate:
no la ci tolse qualità di gelo
nè di calore, come l'altre face,
ma solo fue sua gran benignitate;
ché luce de la sua umilitate
passò li cieli con tanta vertute,
che fe' maravigliar l'eterno Sire,
sí che dolce disire
lo giunse di chiamar tanta salute;
e fèlla di qua giú a sé venire,
perché vedea ch'esta vita noiosa
non era degna di sí gentil cosa.
Partissi de la sua bella persona
piena di grazia l'anima gentile,
ed è sí gloriosa in loco degno.
Chi no la piange, quando ne ragiona,
core ha di pietra sí malvagio e vile,
ch'entrar no li può spirito benegno.
No è di cor villan sí alto ingegno,
che possa imaginar di lei alquanto,
e però no gli ven di pianger doglia:
ma ven trestizia e voglia
di sospirare e di morir di pianto,
e d'ogne consolar l'anima spoglia
chi vede nel pensero alcuna volta
quale ella fue, e com'ella n'è tolta.
Dannomi angoscia li sospiri forte,
quando 'l pensero ne la mente grave
mi reca quella che m'ha 'l cor diviso:
e spesse fiate pensando a la Morte,
vïemmene un disío tanto soave,
che mi tramuta lo core nel viso.
Quando lo imaginar mi vien ben fiso,
giungemi tanta pena d'ogni parte,

s'en est allée au ciel subitement, – & a laissé Amour avec moi dolent. — Béatrice s'en est allée en le haut ciel, – en le royaume où les anges ont la paix, – & elle reste avec eux; & vous, dames, elle a laissées. – Ce n'est pas l'effet du gel qui nous l'a prise, – ni de la chaleur, comme ils font pour les autres; – mais ce fut seulement sa grand bonté : – car la lumière de son humilité – passa les ciels avec telle vertu, – qu'elle fit émerveiller l'Éternel Sire, – si bien qu'un doux désir – lui vint d'appeler un tel Salut; – & il la fit d'ici-bas à lui venir, – parce qu'il voyait que cette vie pleine d'ennui – n'était pas digne de si gentille chose. — Elle s'est départie de sa belle personne – pleine de grâce l'âme gentille, – & est ainsi glorieuse en un lieu digne. – Qui ne la pleure quand il en parle, – a cœur de pierre si mauvais & vil, – qu'entrer n'y peut un Esprit de bonté. – Il n'est, en cœur vilain, si haut talent – qu'il puisse d'elle imaginer quelque chose; – & donc ne lui vient pas douleur à en pleurer. – Mais vient une tristesse & une volonté – de soupirer & de mourir de pleurs, – & de toute consolation dépouille l'âme, – à qui voit dans le penser parfois – quelle elle fut, & comme elle nous fut prise. — Ils me donnent angoisse, les forts soupirs, – quand le penser dans l'âme grave – m'amène celle qui m'a fendu le cœur : – & bien des fois pensant à la Mort, – il m'en vient un désir tant suave, – qu'il me porte le cœur au visage. – Quand l'image m'en vient bien fixe, – il m'arrive telle peine de toute part, – que je m'agite

ch'io mi riscuoto per dolor ch'i' sento;
e sí fatto divento,
che da le genti vergogna mi parte.
Poscia piangendo, sol nel mio lamento
chiamo Beatrice; e dico: — Or se' tu morta? —
e mentre che la chiamo, me conforta.
  Pianger di doglia e sospirar d'angoscia
mi strugge 'l core ovunque sol mi trovo,
sí che ne 'ncrescerebbe a chi m'audesse:
e quale è stata la mia vita, poscia
che la mia donna andò nel secol novo,
lingua no è che dicer lo sapesse:
e però, donne mie, pur ch'io volesse,
non vi sapre'io dir ben quel ch'io sono;
sí mi fa travagliar l'acerba vita;
la quale è sí 'nvilita,
che ogn'om par che mi dica: — Io t'abbandono —,
veggiendo la mia labbia tramortita.
Ma qual ch'io sia, la mia donna il si vede,
ed io ne spero ancor da lei merzede.
  Pietosa mia canzone, or va piangendo;
e ritruova le donne e le donzelle,
a cui le tue sorelle
erano usate di portar letizia;
e tu, che se' figliuola di trestizia,
vatten disconsolata a star con elle.

par la douleur que je reßens; – & je deviens ainsi fait – que des gens la honte m'éloigne. – Puis, pleurant, seul, en ma lamentation – j'appelle Béatrice; & je dis: « Ore es-tu morte? » – Et tandis que je l'appelle, elle me réconforte. — Pleurer de douleur & soupirer d'angoiße – me détruit tant le cœur, où que seul je me trouve, que peine en serait à qui m'ouïrait: – & quelle a été ma vie, depuis – que ma Dame est allée dans le Siècle nouveau, – il n'est langue qui dire le saurait: – & donc, mes dames, pour tant que je vouluße, - je ne vous saurais pas bien dire ce que je suis, – tant me fait peiner l'amère vie: – car tant vile elle est devenue, – qu'il semble que tout homme me dise: « Je t'abandonne », – en voyant ma lèvre pâlie. – Mais quel que je sois, ma Dame le voit bien, – & j'en espère encore d'elle merci. — Ma piteuse Chanson, ore va pleurant; – & trouve les dames & les damoiselles, – à qui tes sœurs – avaient coutume de porter joie; – & toi, qui es fille de tristeße, – va-t'en, inconsolée, à rester avec elles.

XXXII

oi che detta fue questa canzone, si venne a me uno, lo quale, secondo li gradi de l'amistade, è amico a me immediatamente dopo lo primo; e questi fu tanto distretto di sanguinitade con questa gloriosa, che nullo piú presso l'era. E poi che fue meco a ragionare, mi pregò ch'io li dovessi dire alcuna cosa per una donna che s'era morta; e simulava sue parole, acciò che paresse che dicesse d'un'altra, la quale morta era certamente: onde io accorgendomi che questi dicea solamente per questa benedetta, sí li dissi di fare ciò che mi domandava lo suo prego. Onde poi pensando a ciò, propuosi di fare uno sonetto, nel quale mi lamentassi alquanto, e di darlo a questo mio amico, acciò che paresse, che per lui l'avessi fatto; e dissi allora questo sonetto : *Venite a 'ntender li sospiri miei*, lo quale ha due parti : ne la prima chiamo li fedeli d'Amore che m'intendano; ne la seconda narro de la mia misera condizione. La seconda comincia quivi : *li quai disconsolati.*

près que fut dite cette chanson, il vint à moi un homme qui, selon les degrés de l'amitié, m'eſt ami immédiatement après le premier : & celui-ci fut si lié par la parenté à cette Glorieuse, qu'aucun ne l'était de plus près. Et lorsqu'il fut avec moi à causer, il me pria que je lui duſſe dire quelque chose pour une dame qui était morte; & il déguisait ses paroles afin qu'il parût que je parlerais d'une autre, laquelle auſſi était véritablement morte : & donc m'apercevant que celui-ci parlait seulement pour cette Bénie, je répondis que je ferais ce que sa prière me demandait. D'où vint qu'y pensant ensuite, je résolus de faire un sonnet en lequel je me lamenterais quelque peu, & de le donner à ce mien ami, afin qu'il parût que pour lui je l'euſſe fait; & je dis alors ce sonnet : Venez entendre mes soupirs. *Ce sonnet a deux parties : en la première j'appelle les fidèles d'Amour pour qu'ils m'entendent; en la seconde je narre ma misérable condition. La seconde commence là :* inconsolés.

Venite a 'ntender li sospiri miei,
oi cor gentili, ché pietà 'l disía,
li quai disconsolati vanno via,
e s'e' non fosser, di dolor morrei;

Venez entendre mes soupirs, — ô cœurs gentils! car pitié le désire; — inconsolés, ils s'en vont; — & s'ils n'étaient pas, de douleur je mourrais; — parce que mes

però che gli occhi mi sarebber rei
molte fiate piú ch'io non vorría,
lassi di pianger sí la donna mia,
che sfogasser lo cor, piangendo lei.
Voi udirete lor chiamar sovente
la mia donna gentil, che si n'è gita
al secol degno de la sua vertute;
e dispregiar talora questa vita,
in persona de l'anima dolente,
abbandonata de la sua salute.

yeux me seraient rebelles, – maintes fois, plus que je ne voudrais, – laßés de pleurer aßez ma Dame – pour soulager mon cœur en la pleurant. — Vous les entendrez appeler souvent – ma Dame gentille, qui s'en est allée – au Siècle digne de sa vertu; — & médire parfois de cette vie – au nom de mon âme dolente, – abandonnée de son salut.

XXXIII

Poi che detto ebbi questo sonetto, pensandomi che questi era, a cui lo intendea dare quasi come per lui fatto, vidi che povero mi parea lo servigio e nudo a così distretta persona di questa gloriosa. E però anzi che il dessi questo soprascritto sonetto, sí dissi due stanzie d'una canzone; l'una per costui veracemente, e l'altra per me, avvegna che paia l'una e l'altra per una persona detta, a chi non guarda sottilmente. Ma chi sottilmente le mira vede bene che diverse persone parlano; acciò che l'una non chiama sua donna costei, e l'altra sí, come appare manifestamente. Questa canzone e questo soprascritto sonetto lo diedi, dicendo io lui che per lui solo fatto l'avea.

Après que j'eus dit ce sonnet, songeant qui était celui à qui j'entendais le donner comme s'il était fait par lui-même, je vis que le service rendu me paraißait pauvre & nu, au regard d'une personne si liée à cette Glorieuse. Außi avant que je lui donnaße le sonnet ci-deßus écrit, je dis deux stances d'une chanson; l'une pour lui véritablement, & l'autre pour moi, encore que l'une & l'autre paraißent dites pour une seule personne, à qui ne regarde pas subtilement. Mais qui subtilement les considère voit bien que des personnes différentes parlent; en ce que l'une n'appelle jamais celle-ci sa *Dame, & l'autre oui, comme il appert manifestement. Cette chanson & ce susdit sonnet, je les lui donnai, disant que pour lui seul je les avais faits.*

La canzone comincia : *Quantunque volte*, e ha due parti : ne l' una, ciò è ne la prima stanzia, si lamenta questo mio caro amico e distretto a lei; ne la seconda mi lamento io, ciò è ne l'altra stanzia che comincia : *E' si raccoglie ne li miei.* E cosí appare che in questa canzone si lamentano due persone; l'una de le quali si lamenta come fratello, l'altra come servo. E questa è la canzone che comincia :

La chanson commence : Toutes les fois, *& a deux parties : en l'une, à savoir dans la première stance, se lamente ce mien cher ami lié de près à elle; en la seconde je me lamente moi-même, à savoir dans l'autre stance qui commence :* Il se rassemble. *Et ainsi appert-il que dans cette chanson se lamentent deux personnes, l'une desquelles se lamente comme frère, l'autre comme serviteur. Et c'est la chanson qui commence :*

Quantunque volte, lasso! mi rimembra
ch'io non debbo già mai
veder la donna, ond'io vo sí dolente,
tanto dolore intorno 'l cor m'assembra
la dolorosa mente,
ch'io dico : — Anima mia, ché non ten vai?
ché li tormenti, che tu porterai
nel secol che t'è già tanto noioso,
mi fan pensoso di paura forte;
ond'io chiamo la Morte,
come soave e dolce mio riposo;
e dico : – Vieni a me – con tanto amore,
che sono astioso di chïunque more. —
E'si raccoglie ne li miei sospiri
un sòno di pietate,
che va chiamando Morte tuttavia.
A lei si volser tutti i miei disiri,
quando la donna mia

Toutes les fois, las! qu'il me souvient – que je ne dois jamais plus – voir la Dame dont je vais si dolent, – tant de douleur au cœur m'assemble – la pensée douloureuse, – que je dis : « Mon âme, pourquoi ne t'en vas-tu? – car les tourments que tu supporteras – dans le siècle qui t'est déjà si plein d'ennui, – d'une peur forte me font pensif; – aussi j'appelle la Mort, – comme mon suave & doux repos; – & je dis : « Viens à moi » avec tant d'amour, – que je suis jaloux de quiconque meurt! » — Il se rassemble dans mes soupirs – un son de pitié – qui va appelant Mort sans cesse. – A elle se tournèrent tous mes désirs, – quand ma Dame

IMPRIMERIE NATIONALE.

fu giunta da la sua crudelitate :
per che 'l piacere de la sua bieltate
partendo sé da la nostra veduta,
divenne spirital bellezza grande,
che per lo cielo spande
luce d'amor, che gli angeli saluta,
e lo 'ntelletto loro alto, sottile
face maravigliar, sí v'è gentile.

– fut atteinte par sa cruauté : – parce que la plaisance de sa beauté, – en s'éloignant de notre vue, – est devenue spirituelle beauté grande, – qui par le ciel répand – lumière d'amour, qui salue les anges; – & leur intellect haut & subtil – fait émerveiller, tant elle y est gentille.

XXXIV

In quello giorno, nel quale si compiea l'anno che questa donna era fatta de li cittadini di vita eterna, io mi sedea in parte, ne la qual ricordandomi di lei disegnava uno angelo sopra certe tavolette : e mentre io lo disegnava, volsi li occhi, e vidi lungo me uomini a li quali si convenía di fare onore. E' riguardavano quello che io facea, e secondo che me fu detto poi, elli erano stati già alquanto anzi che io me ne accorgesse. Quando li vidi, mi levai, e salutando loro dissi : — Altri era testé meco, però pensava. — Onde partiti costoro, ritornai a la mia opera del disegnare de li angeli : e facendo ciò, mi venne un pensiero di dire parole, quasi per annoale, e di scrivere a costoro, li quali erano venuti a me; e dissi allora questo sonetto, lo quale comincia : *Era venuta*;

En ce jour, en lequel s'accomplissait l'année où cette Dame avait été faite des citoyens de la vie éternelle, je m'étais assis en un lieu où, me souvenant d'elle, je dessinais un ange sur certaines tablettes; & pendant que je le dessinais, je tournai les yeux & je vis près de moi des hommes, auxquels il se devait faire honneur. Et ils regardaient ce que je faisais, & d'après ce que l'on me dit ensuite, ils avaient été là déjà quelque temps avant que je m'en aperçusse. Quand je les vis, je me levai, & les saluant leur dis : « Une autre personne était tout à l'heure avec moi, & c'est pourquoi je pensais. » — Donc, ceux-ci étant partis, je retournai à mon travail, à dessiner des anges. Et ce faisant, il me vint un penser de dire des paroles comme pour anniversaire, & d'écrire à ceux qui étaient venus près de moi : & je dis alors ce sonnet qui commence :

lo quale ha due cominciamenti, e però lo dividerò secondo l'uno e secondo l'altro.

Dico che secondo lo primo, questo sonetto ha tre parti : ne la prima

Elle était venue, *lequel a deux commencements; c'est pourquoi je le diviserai selon l'un & l'autre.*

Je dis que selon le premier, ce sonnet a trois parties : en la première je

dico che questa donna era già ne la mia memoria; ne la seconda dico quello che Amore però mi facea; ne la terza dico de gli effetti d'Amore. La seconda comincia quivi: *Amor che*; la terza quivi : *Piangendo uscivan for*. Questa parte si divide in due : ne l'una dico che tutti li

dis que cette Dame était déjà dans ma mémoire; en la seconde je dis ce qu'Amour donc me faisait; en la troisième je parle des effets d'Amour. La seconde commence là : Amour qui; *la troisième là :* Ils sortaient pleurant. *Cette partie se divise en deux : dans l'une je dis que tous mes*

miei sospiri uscivano parlando; ne la seconda dico che alquanti diceano certe parole diverse da gli altri. La seconda comincia quivi : *Ma quelli.* Per questo medesimo modo si divide secondo l' altro cominciamento, salvo che ne la prima parte dico quando questa donna era cosí venuta ne la mia memoria, e ciò non dico ne l'altro.

soupirs sortaient en parlant; dans l'autre je dis comme quelques-uns disaient certaines paroles diverses des autres. La seconde commence là : Mais ceux. *Il se divise en la même façon selon l'autre commencement, sauf que dans la première partie je dis à quel moment cette Dame était ainsi venue dans ma mémoire, & je ne le dis pas dans l'autre.*

PRIMO COMINCIAMENTO.

Era venuta ne la mente mia
la gentil donna, che per suo valore
fu posta da l'altissimo Signore
nel ciel de l'umiltate, ov'è Maria.

SECONDO COMINCIAMENTO.

Era venuta ne la mente mia
quella donna gentil, cui piange Amore,
entro 'n quel punto, che lo su'valore
vi trasse a riguardar quel ch'i'facía.
Amor che ne la mente la sentía,
s'era svegliato nel destrutto core,
e diceva a'sospiri : — Andate fore —;
perché ciascun dolente sen partía.
Piangendo uscivan for de lo mi'petto
con una voce, che sovente mena
le lagrime dogliose a li occhi tristi.

PREMIER COMMENCEMENT.

Elle était venue en ma pensée – la gentille Dame qui pour sa vertu – fut placée par le très-haut Seigneur – dans le ciel de l'humilité où est Marie.

SECOND COMMENCEMENT.

Elle était venue en ma pensée – cette Dame gentille que pleure Amour, – en ce point même où sa vertu – vous porta à regarder ce que je faisais. — Amour qui dans ma pensée la sentait, – s'était éveillé dans le cœur détruit, – & disait aux soupirs : « Allez dehors »; – c'est pourquoi chacun partait dolent. — Ils sortaient pleurant hors de ma poitrine – avec une voix qui souvent amène – les larmes dou-

Ma quelli, che n'uscían con maggior pena,
venían dicendo : — O nobile intelletto,
oggi fa l'anno che nel ciel salisti! —

loureuses aux tristes yeux. — Mais ceux qui en sortaient avec plus grande peine, — venaient disant : «O noble esprit, — aujourd'hui finit l'an qu'en le ciel tu montas!»

XXXV

Poi per alquanto tempo, con ciò fosse cosa ched io fosse in parte, ne la quale mi ricordava del passato tempo, molto stava pensoso, e con dolorosi pensamenti tanto che mi faceano parere di fore una vista di terribile sbigottimento. Onde io, accorgendomi del mio travagliare, levai li occhi

Ensuite, après quelque temps, comme il arriva que je me trouvais en un lieu en lequel je me ressouvenais du temps passé, très fort je demeurais pensif & avec si douloureux pensers qu'ils me faisaient montrer au dehors une apparence de terrible confusion. D'où vint que m'apercevant du trouble où j'étais, je levai les yeux,

per vedere se altri mi vedesse; allora vidi una gentile donna giovane e bella molto, la quale da una finestra mi riguardava sí pietosamente, quanto a la vista, che tutta la pietà parea in lei accolta. Onde, con ciò sia cosa che quando li miseri veggiono di loro compassione altrui piú tosto si muovono a lagrimare, quasi come di loro medesimi avendo pietade in loro, io sentii allora cominciare li miei occhi a volere piangere; e però, temendo di non mostrare la mia vile vita, mi partío dinanzi da gli occhi di questa gentile; e dicea poi fra me medesimo : — E' non puote essere, che con quella pietosa donna non sia nobilissimo amore. — E però propuosi di dire un sonetto, nel quale io parlasse a lei, e conchiudesse in esso tutto ciò che narrato è in questa ragione. E però che per questa ragione è assai manifesto, sí nollo dividerò. Lo sonetto comincia :

pour voir si quelque autre me voyait. Alors je vis une gentille dame, jeune & très belle, laquelle me regardait d'une fenêtre, avec tant de pitié en son aspect que toute la pitié paraißait en elle recueillie. Außi, parce que les malheureux, quand ils voient quelqu'un avoir compaßion d'eux, plus tôt se mettent à pleurer, comme s'ils avaient en eux pitié d'eux-mêmes, je sentis alors mes yeux commencer à vouloir pleurer; c'est pourquoi, craignant de faire connaître ma lâche vie, je m'éloignai des yeux de cette gentille; & je disais ensuite en moi-même : « Il ne peut être, qu'avec cette pieuse dame, ne soit très noble amour. » — Et donc je résolus de dire un sonnet en lequel je parlerais à elle, & je renfermerais tout ce qui est narré en cet argument. Et comme, par cet argument, il est très clair, je ne le diviserai pas. Le sonnet commence :

Videro li occhi miei quanta pietate
era apparita in la vostra figura,
quando guardaste gli atti e la statura,
ch'io faccio per dolor molte fiate.
Allor m'accorsi che voi pensavate
la qualità de la mia vita oscura,
sí che mi giunse ne lo cor paura
di dimostrar con gli occhi mia viltate.
E tolsimi dinanzi a voi, sentendo
che si movean le lagrime dal core,
ch'era sommosso da la vostra vista.

Mes yeux ont vu quelle pitié – était apparue en votre figure, – quand vous avez regardé le geste & l'attitude – que je fais par douleur maintes fois. — Alors je m'aperçus que vous considériez la qualité de ma vie sombre; – si bien qu'il me vint dans le cœur la peur – de montrer par mes yeux ma lâcheté. — Et je m'éloignai de devant vous, sentant – que les larmes se levaient du cœur, – qui était

Io dicea poscia ne l'anima trista :
— Ben è con quella donna quello Amore,
lo qual mi face andar cosí piangendo. —

troublé par votre vue. — Je disais ensuite en l'âme triste : – «Il est bien avec cette dame, cet Amour, – lequel me fait aller ainsi pleurant.»

XXXVI

Avvenne poi che là'vunque questa donna mi vedea, sí si facea d'una vista pietosa e d'un colore pallido, quasi come d'amore : onde molte fiate mi ricordava de la mia nobilissima donna, che di simile colore si mostrava tuttavia. E certo molte volte non potendo lagrimare né sfogare la mia trestizia, io andava per vedere questa pietosa donna, la quale parea che ti-

Il advint ensuite que partout où cette dame me voyait, elle se faisait d'un aspect pitoyable & d'une couleur pâle, comme d'amour. Aussi bien des fois elle me faisait penser à ma très noble Dame, qui de semblable couleur se montrait sans cesse. Et certes, bien des fois, ne pouvant pleurer ni dissiper ma tristesse, j'allais pour voir cette dame pitoyable, qui semblait tirer les larmes de mes

rasse le lagrime fori de li miei occhi per la sua vista. E però mi venne volontà di dire anche parole, parlando a lei; e dissi questo sonetto, lo quale comincia : *Color d'amore*, ed è piano sanza dividerlo, per la sua precedente ragione. E questo è desso :

yeux par son aspect. Et donc il me vint volonté de dire encore des paroles, en parlant à elle; & je dis ce sonnet qui commence : Couleur d'amour, *&, sans le diviser, il est clair par l'argument qui précède. Et c'est celui-ci :*

Color d'amore e di pietà sembianti
non preser mai cosí mirabilmente
viso di donna, per veder sovente
occhi gentili o dolorosi pianti,
come lo vostro, qualora davanti
vedetevi la mia labbia dolente;
sí che per voi mi ven cosa a la mente,
ch'io temo forte no lo cor si schianti.
Io non posso tener li occhi distrutti
che non reguardin voi spesse fiate,
per disiderio di pianger ch'elli hanno :
e voi cresceste sí lor volontate,
che de la voglia si consumâr tutti;
ma lagrimar dinanzi a voi non sanno.

Couleur d'amour & semblants de pitié – n'ont jamais pris ainsi merveilleusement – visage de dame, pour avoir vu souvent – gentils yeux & douloureuses plaintes, — comme le vôtre, alors que devant vous – vous voyez ma face dolente; – si bien que par vous me vient telle chose en pensée, – que je crains fort que mon cœur ne se fende. — Je ne peux tenir mes yeux détruits, – qu'ils ne vous regardent maintes fois, – pour le désir qu'ils ont de pleurer; — & vous avez tant accru leur volonté, – que de désir ils se consumèrent tout; – mais pleurer devant vous ils ne savent.

XXXVII

o venni a tanto per la vista di questa donna, che li miei occhi si cominciaro a dilettare troppo di vederla; onde molte volte me ne crucciava nel mio cuore ed aveamene per vile assai; onde piú volte

J'arrivai à ce point, par la vue de cette dame, que mes yeux commencèrent à se délecter trop à la voir; d'où maintes fois je m'en tourmentais en mon cœur & je me tenais pour très lâche; & bien des fois je maudissais la vanité de mes

bestemmiava la vanitade de li occhi miei, e dicea loro nel mio pensiero : — Or voi solevate fare piangere chi vedea la vostra condizione dolorosa, ed ora pare che vogliate dimenticarlo per questa donna che vi mira; che non mira voi, se non in quanto le pesa de la gloriosa donna di cui piangere solete; ma quanto potete fare, fate, ché io la vi rimembrerò molto spesso, maladetti occhi! ché mai, se non dopo la morte, non dovrebbero le vostre lagrime avere restate. — E quando cosí aveva detto fra me medesimo a li miei occhi, e li sospiri m'assalivano grandissimi ed angosciosi. E acciò che questa battaglia, ched io avea meco, non rimanesse saputa pur dal misero che la sentía, propuosi di fare un sonetto, e di comprendere in ello questa orribile condizione. E dissi questo sonetto, lo quale comincia : *L'amaro lagrimar*, ed hae due parti : ne la prima parlo a gli occhi miei sí come parlava il mio cuore in me medesimo : ne la seconda rimuovo alcuna dubitazione, manifestando chi è chi cosí parla; e comincia questa parte quivi : *Cosí dice.* Potrebbe bene ancora ricevere piú divisioni, ma sarebbero indarno, però che è manifesto per la precedente ragione. E questo è 'l sonetto che comincia :

yeux, & je leur disais dans ma pensée : « Ore vous aviez coutume de faire pleurer qui voyait votre douloureuse condition, & maintenant il semble que vous vouliez oublier cela pour cette dame qui vous regarde, mais qui vous regarde seulement en tant qu'elle a souci de la glorieuse Dame, pour qui vous avez coutume de pleurer. Mais pour autant que vous pouvez faire, faites; car je vous la rappelerai bien souvent, maudits yeux! car jamais, sinon après la mort, vos larmes ne devraient s'arrêter. » — Et quand en moi-même j'avais ainsi parlé à mes yeux, les soupirs m'aſſaillaient très grands & angoiſſeux. Et, afin que cette bataille que j'avais avec moi-même ne reſtât pas connue seulement du malheureux qui la reſſentait, je me résolus de faire un sonnet & de comprendre en lui cette horrible condition; & je dis ce sonnet qui commence : L'amer pleurer. *Et il a deux parties : en la première, je parle à mes yeux, comme parlait mon cœur en moi-même; en la seconde, j'écarte un certain doute, faisant connaître qui eſt celui qui ainsi parle; & cette partie commence là :* Ainsi dit. *Il pourrait bien encore recevoir plus de divisions, mais elles seraient vaines, car il eſt clair par l'argument qui précède. Et c'eſt le sonnet qui commence :*

L'amaro lagrimar che voi faceste,
oi occhi miei, cosí lunga stagione,
facea maravigliar l'altre persone
de la pietate, come voi vedeste.

L'amer pleurer que vous fîtes, — ô mes yeux, un temps si long, — faisait émerveiller les autres personnes — par la pitié, comme vous le vîtes. — Or, il me semble que

Ora mi pare che voi l'oblïereste,
s'io fosse dal mio lato sí fellone,
ch'i' non ven disturbasse ogne cagione,
membrandomi colei, cu' voi piangeste.
La vostra vanità mi fa pensare,
e spaventami sí, ch'io temo forte
del viso d'una donna che vi mira :
voi non dovreste mai, se non per morte,
la vostra donna, ch'è morta, obliare. —
Cosí dice 'l mio core, e poi sospira.

vous l'oublieriez, – si j'étais de mon côté assez félon, – pour ne vous en ôter pas toute occasion, – me remembrant celle que vous pleurâtes. — Votre vanité me fait penser, – & m'épouvante tant que je crains fort – le visage d'une dame qui vous contemple. — Vous ne devriez jamais, sinon par mort, – votre Dame, qui est morte, oublier. – Ainsi dit mon cœur, & puis soupire.

XXXVIII

ecommi la vista di questa donna in sí nova condizione, che molte volte ne pensava sí come di persona che troppo mi piacesse; e pensava di lei cosí : — Questa è una donna gentile, bella, giovane e savia, e apparita forse per volontà d'Amore, acciò che la mia vita si riposi. — E molte volte pensava piú amorosamente, tanto che 'l cuore consentiva in lui, ciò è nel suo ragionare. E quando io avea consentito ciò, e io mi ripensava sí come da la ragione mosso, e dicea fra me medesimo : — Deo, che pensiero è questo, che in cosí vil modo vuole consolar me e non mi lascia quasi altro pensare? — Poi si rilevava un altro pensiero, e diceami : — Or tu se' stato

La vue de cette dame m'amena en si étrange condition, que maintes fois je pensais à elle comme à personne qui trop me plaisait; & je pensais à elle ainsi : « Celle-ci est une dame gentille, belle, jeune & sage, & apparue peut-être par volonté d'Amour, afin que ma vie se repose. » — Et bien des fois je pensais plus amoureusement, si bien que mon cœur consentait en ce penser, c'est-à-dire en son discours. Et quand j'y avais presque consenti, je me prenais à repenser, comme poussé par la raison, & je disais en moi-même : « Hélas! quel penser est celui-ci, qui en si lâche façon me veut consoler & ne me laisse quasi pas autre chose penser! » — Puis s'élevait un autre penser, & il me disait : « Mainte-

in tanta tribulazione, perchè non ti vuoli tu ritrarre da tanta amaritudine? Tu vedi che questo è uno spiramento d'Amore, che ne reca li disii d'Amore dinanzi, ed è mosso da cosí gentil parte, com'è quella de gli occhi de la donna, che tanto pietosa ci s'ha mostrata. — Onde io avendo cosí più volte combattuto in me medesimo, ancora ne volli dire alquante parole; e però che la battaglia de' pensieri vinceano coloro che per lei parlavano, mi parve che si convenisse di parlare a lei; e dissi questo sonetto il quale comincia : *Gentil pensero*; e dico *gentile* in quanto ragionava di gentile donna, chè per altro era vilissimo.

In questo sonetto fo due parti di me, secondo che li miei pensieri erano divisi. L'una parte chiamo *cuore*, cioè l'appetito; l'altra chiamo *anima*, cioè la ragione; e dico come l'uno dice con l'altro. E che degno sia di chiamare l'appetito cuore, e la ragione anima, assai è manifesto a coloro, a cui mi piace che ciò sia aperto. Vero è che nel precedente sonetto io fo la parte del cuore contra quella de li occhi, e ciò pare contrario di quello ched io dico nel presente; e però dico, che ivi lo cuore anche intendo per lo appetito, però che maggiore desiderio era 'l mio ancora di ricordarmi de la gentilissima donna mia, che di vedere costei, avvegna che alcuno appetito n'avessi già, ma leggero parea : onde appare che l'un detto non è contrario a l'altro. Questo sonetto a tre

nant que tu as été en telle tribulation, pourquoi ne te veux-tu pas retirer de telle amertume? Tu vois que ceci est un souffle d'Amour, qui amène devant nous les désirs d'Amour, & il part d'aussi gentil lieu comme est celui des yeux de cette dame, qui si pitoyable à nous s'est montrée. » — D'où vint qu'ayant ainsi plusieurs fois combattu en moi-même, j'en voulus dire encore quelques paroles; & comme, dans la bataille des pensers, étaient vainqueurs ceux qui pour elle parlaient, il me sembla qu'il convenait de parler à elle; & je dis ce sonnet qui commence : Un gentil penser. *Et je dis* gentil *pour autant qu'il parlait d'une gentille dame : car autrement il était très vil.*

Je fais dans ce sonnet deux parts de moi-même, selon que mes pensers étaient divisés en deux. L'une des parties je l'appelle cœur, *c'est-à-dire l'appétit, l'autre je l'appelle* âme, *c'est-à-dire la raison, & je dis comment l'un parle à l'autre. Et qu'il soit juste d'appeler l'appétit cœur, & la raison âme, est bien manifeste à ceux de qui il me plaît que cela soit entendu. Il est vrai que dans le précédent sonnet je tiens le parti du cœur contre celui des yeux, & cela paraît contraire à ce que je dis dans le présent; & donc, je dis que là aussi j'entends le cœur pour l'appétit, parce que mon désir était plus grand encore de me rappeler ma très gentille Dame, que de voir cette autre, encore que j'en eusse déjà quelque appétit, mais il paraissait léger : d'où il appert que l'un des propos n'est pas contraire à l'autre.*

parti; ne la prima comincio a dire a questa donna come lo mio desiderio si volge tutto verso lei; ne la seconda dico come l'anima, cioè la ragione, dice al cuore, cioè a lo appetito; ne la terza dico come le risponde. La seconda parte comincia quivi : *L'anima dice*; la terza quivi : *E' le risponde.* E questo è 'l sonetto, che comincia qui :

Ce sonnet a trois parties : en la première je commence à dire à cette dame comment mon désir se tourne tout vers elle; en la seconde je dis comment l'âme, c'est-à-dire la raison, parle au cœur, c'est-à-dire à l'appétit; en la troisième, je dis comme il lui répond. La seconde partie commence là : L'âme dit; *la troisième là :* Il lui répond. *Et c'est le sonnet qui commence ainsi :*

Gentil pensero, che parla di vui,
sen vene a dimorar meco sovente,
e ragiona d'amor sí dolcemente,
che face consentir lo core in lui.
L'anima dice al cor : — Chi è costui,
che vene a consolar la nostra mente;
ed è la sua vertú tanto possente,
ch'altro penser no lascia star con nui? —
E' le risponde : — Oi anima pensosa,
Questi è uno spiritel novo d'amore,
che reca innanzi me li suoi desiri :
e la sua vita, e tutto 'l suo valore,
mosse de li occhi di quella pietosa,
che si turbava de' nostri martíri. —

Un gentil penser, qui parle de vous, – s'en vient demeurer avec moi souvent, – & discourt d'Amour si doucement, – qu'il fait consentir le cœur en lui. — L'âme dit au cœur : « Qui est celui-ci, – qui vient consoler notre esprit; – & sa vertu est-elle si puissante, – qu'il ne laisse autre penser demeurer avec nous? » — Il lui répond : « Hélas! âme pensive, – celui-ci est un nouveau petit Esprit d'amour, – qui amène devant moi ses désirs; — & sa vie, & toute sa puissance, – il les prit des yeux de cette dame pitoyable – qui se troublait de nos martyres. »

XXXIX

Contra questo avversario de la ragione si levòe un die, quasi ne l'ora de la nona, una forte imaginazione in me; ché mi parve vedere questa gloriosa Beatrice con quelle vestimenta sanguigne, co le quali apparve prima a li occhi miei, e pareami giovane in simile etade ne la quale io primieramente sí la vidi. Allora cominciai a pensare di lei; e ricordandomi di lei secondo l'ordine

Contre cet adversaire de la raison se leva un jour, quasi sur l'heure de none, une forte imagination en moi, telle qu'il me sembla voir cette glorieuse Béatrice, avec ses vêtements rouges, avec lesquels elle apparut d'abord à mes yeux; & elle me semblait jeune, en âge semblable à celui où premièrement ainsi je la vis. Alors je commençai à penser à elle; & me souvenant d'elle, selon l'ordre du temps passé, mon cœur commença douloureu-

del tempo passato, lo mio cuore si cominciò dolorosamente a pentére de lo desiderio, a cui sí vilmente s'avea lasciato possedere alquanti díe contra la costanzia de la ragione : e discacciato questo cotale malvagio desiderio, sí si rivolsero tutti li miei pensamenti a la loro gentilissima Beatrice. E dico che d' allora innanzi cominciai a pensare di lei sí con tutto lo vergognoso cuore, che li sospiri manifestavano ciò molte volte; però che tutti quasi diceano nel loro uscire quello che nel cuore si ragionava, cioè lo nome di quella gentilissima, e come si partío da noi. E molte volte avvenía che tanto dolore avea in sé alcuno pensero, ch' io dimenticava lui, e là dov' io era. Per questo raccendimento de' sospiri si raccese lo sollenato lagrimare in guisa, che li miei occhi pareano due cose, che disiderassero pur di piangere; e spesso avvenía che per lo lungo continuare del pianto, dintorno a loro si facea un colore porpureo, lo quale suole apparire per alcuno martirio che altri riceva : onde appare che de la loro vanitade fuoro degnamente guiderdonati, sí che d' allora innanzi non potero mirare persona, che li guardasse, sí che loro potesse retrarre a simile intendimento. Onde io volendo che cotale desiderio malvagio e vana intenzione paresse distrutto sí che alcuno dubbio non potessero inducere le rimate parole, ch' io avea dette dinanzi, propuosi di fare un sonetto, nel quale io comprendesse la sentenzia di questa ragione. E dissi allora : *Laſso!*

sement à se repentir du désir par lequel si lâchement il s'était laiſsé posséder quelques jours, contrairement à la conſtance de la raison : & chaſsé que fut ce tel mauvais désir, tous mes pensers se retournèrent à leur très gentille Béatrice. Et je dis que dorénavant je commençai à penser à elle tellement, avec tout mon cœur plein de honte, que les soupirs le manifeſtaient bien des fois; car presque tous répétaient, en sortant, ce qui se disait dans le cœur, à savoir le nom de cette Très Gentille, & comme elle se partit de nous. Et maintes fois il arrivait que tant de douleur avait en soi certain penser, que je l'oubliais lui & le lieu où j'étais. Par cette reprise de soupirs se rallumèrent les larmes, qui avaient été apaisées, en telle façon que mes yeux paraiſsaient deux choses qui désiraient seulement pleurer : & souvent il arrivait que par la longue continuation des larmes, se faisait autour d'eux une couleur pourpre, comme il en paraît d'habitude pour quelque martyre que l'on reçoit : d'où il appert qu'ils furent de leur vanité dignement récompensés, si bien que dorénavant ils ne purent contempler aucune personne qui les regardât de façon à les pouvoir induire en semblable deſsein. Auſsi moi, voulant qu'un tel désir mauvais & vaine intention paruſsent détruits, tellement qu'aucun doute ne pût être amené par les paroles rimées que j'avais dites auparavant, je me proposai de faire un sonnet en lequel j'enclorais le sens de ce discours. Et je dis alors : Hélas! par la force de *per forza di molti sospiri*; e dissi *lasso* in quanto mi vergognava di ciò che li miei occhi aveano così vaneggiato. Questo sonetto non divido, però che assai lo manifesta la sua ragione.

nombreux soupirs; — *& je dis :* Hélas! *pour autant que j'avais honte de ce que mes yeux avaient ainsi fait œuvre de vanité. Je ne divise pas ce sonnet parce que son argument est assez clair.*

Lasso! per forza di molti sospiri,
che nascon de' pensier che son nel core,
li occhi son vinti, e non hanno valore
di riguardar persona che li miri.
E fatti son, che paion due disiri
di lagrimare e di mostrar dolore,
e spesse volte piangon sí ch'Amore
li 'ncierchia di corona di martíri.
Questi penseri, e li sospir che io gitto,
diventan ne lo cor sí angosciosi,
ch'Amor vi tramortiscie, sí lien dole;
però ch'elli hanno in lor li dolorosi
quel dolce nome di Madonna scritto,
e de la morte sua molte parole.

Hélas! par la force de nombreux soupirs – qui naissent des pensers qui sont en le cœur, – les yeux sont vaincus & n'ont pas le pouvoir – de regarder personne qui les contemple. — Et ils sont ainsi faits qu'ils semblent deux désirs – de pleurer & de montrer douleur; – & maintes fois tant ils pleurent, qu'Amour – les ceint de la couronne des martyrs. — Ces pensers & les soupirs que je jette – deviennent dans le cœur si angoisseux, – qu'Amour y meurt, tant il en a douleur; — parce qu'ils ont en eux, les douloureux, – ce doux nom écrit de ma Dame, – & sur sa mort maintes paroles.

XL

opo questa tribulazione avvenne (in quel tempo che molta gente va per vedere quella imagine benedetta, la quale Gesú Cristo lasciò a noi per esemplo de la sua bellissima figura, la quale vede la mia

Après cette tribulation (en ce temps où une foule de gens s'en va pour voir l'image bénie que Jésus-Christ nous laissa pour mémoire de sa très belle figure, que voit ma Dame glorieusement) —, il advint que quelques pèlerins passaient par une rue qui

donna gloriosamente), che alquanti peregrini passavano per una via, la quale è quasi mezzo de la cittade, ove nacque e vivette e morío la gentilissima donna; li quali peregrini andavano, secondo che mi parve, molto pensosi. Ond'io pensando a loro, dissi fra me medesimo : — Questi peregrini mi paiono di lontana parte, e non credo che anche udissero parlare di questa donna, e non ne sanno niente, anzi li loro pensieri sono d'altre cose che di queste qui; ché forse pensano de li loro amici lontani, li quali noi non conoscemo. — Poi dicea fra me medesimo : — Io so che s'elli fossero di propinquo paese, in alcuna vista parrebbero turbati, passando per lo mezzo de la dolorosa cittade. — Poi dicea fra me medesimo : — Se io li potessi tenere alquanto, io li pur farei piangere anzi ch'elli uscissero di questa cittade, però ched io direi parole, le quali farebbero piangere chiunque le intendesse. — Onde, passati costoro da la mia veduta, propuosi di fare un sonetto, nel quale io manifestasse ciò che io avea detto fra me medesimo; e acciò che piú paresse pietoso, propuosi di dire come se io avessi parlato a loro; e dissi questo sonetto, lo quale comincia : *Deh peregrini che pensosi andate*, e dissi *peregrini*, secondo la larga significazione del vocabulo : ché peregrini si possono intendere in due modi, in uno largo ed in uno stretto. In largo, in quanto è peregrino chiunque è fuori de la sua patria; in modo stretto non s'intende peregrino, se non chiunque va verso

est à peu près au milieu de la ville où naquit, vécut & mourut la très gentille Dame; & ces pèlerins allaient, selon qu'il me parut, fort pensifs. Or moi, pensant à eux, je dis en moi-même : « Ces pèlerins me semblent de lointains parages, & je ne crois pas qu'ils aient même entendu parler de cette Dame, & ils n'en savent rien; mais leurs pensées sont d'autres choses que de celles d'ici; car peut-être ils pensent à leurs amis lointains, que, nous, nous ne connaissons pas. » — Puis je disais en moi-même : « Je sais que s'ils étaient de pays voisin, ils paraîtraient troublés en quelque chose en leur aspect, passant par le milieu de la douloureuse ville. » — Puis je disais en moi-même : « Si je pouvais les retenir un peu, je les ferais aussi pleurer, avant qu'ils sortissent de cette ville, parce que je dirais des paroles qui feraient pleurer quiconque les entendrait. » — D'où vint que, ceux-ci étant passés hors de ma vue, je résolus de faire un sonnet, en lequel je ferais connaître ce que j'avais dit en moi-même; & afin qu'il parût plus piteux, je résolus de dire comme si j'avais parlé à eux; & je dis ce sonnet qui commence : Ah! pèlerins, qui allez pensant. *Et j'ai dit* pèlerins *selon la large signification du mot : car pèlerins se peuvent entendre en deux sens, en un large & en un étroit : en sens large, en tant qu'est pèlerin quiconque est hors de sa patrie; en sens étroit on n'entend par pèlerin* (peregrino) *que qui va vers la maison de saint Jacques, ou en revient.*

la casa di sa' Jacopo, o riede : e però è da sapere, che in tre modi si chiamano propriamente le genti, che vanno al servigio de l'altissimo. Chiamansi *palmieri* in quanto vanno oltremare, là onde molte volte recano la palma; chiamansi *peregrini* in quanto vanno a la casa di Galizia, però che la sepultura di sa' Jacopo fue piú lontana da la sua patria, che d'alcuno altro apostolo; chiamansi *romei* in quanto vanno a Roma, là ove questi cu'io chiamo *peregrini* andavano. Questo sonetto non

Et donc il faut savoir qu'en trois façons se nomment proprement les gens qui vont au service du Très-Haut. Ils se nomment palmieri *en tant qu'ils vont outremer, d'où maintes fois ils rapportent la palme; ils se nomment* peregrini, *en tant qu'ils vont à la maison de Galice, parce que la sépulture de saint Jacques fut plus lointaine de sa patrie, que celle d'aucun autre apôtre; ils s'appellent* romei, *en tant qu'ils vont à Rome, là où ceux que j'appelle* peregrini *allaient.*

IMPRIMERIE NATIONALE.

divido, però che assai lo manifesta la sua ragione.

Ce sonnet, je ne le divise pas, parce que son argument le rend aßez clair.

Deh peregrini, che pensosi andate
forse di cosa che non v'è presente,
venite voi da sí lontana gente,
com'a la vista voi ne dimostrate,
  che non piangete, quando voi passate
per lo suo mezzo la città dolente,
come quelle persone, che neente
par che 'ntendesser la sua gravitate?
  Se voi restate, per volerla udire,
certo lo cor de' sospiri mi dice,
che lagrimando n'uscireste pui.
  Ell'ha perduta la sua Beatrice;
e le parole, ch'om di lei po' dire,
hanno vertú di far piangere altrui.

Ah! pèlerins, qui allez pensant – peut-étre à chose qui pour vous est absente, – venez-vous de si lointain pays, – que vous nous le montrez à l'aspect, — vous qui ne pleurez pas, quand vous paßez – par le milieu de la cité dolente, – comme des hommes qui en rien – ne semblent entendre son malheur? — Si vous vous arrêtiez, pour vouloir écouter, – certes le cœur des soupirs me dit, – que pleurant vous en sortiriez ensuite. — Elle a perdu sa Béatrice : – & les paroles que d'elle l'on peut dire – ont la vertu de faire pleurer les gens.

XLI

oi mandaro due donne gentili a me pregando che io mandassi loro di queste mie parole rimate; onde io, pensando la loro nobilità, propuosi di mandare loro e di fare una cosa nuova, la qual io mandassi a loro con esse, acciò che piú onorevolmente adempiessi li loro prieghi. E dissi allora un sonetto, lo quale narra del mio

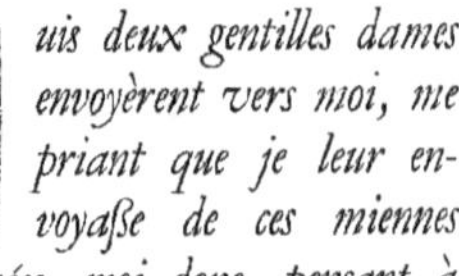

uis deux gentilles dames envoyèrent vers moi, me priant que je leur envoyaße de ces miennes paroles rimées; moi donc, pensant à leur nobleße, je résolus de leur en envoyer, & de faire une chose nouvelle que je leur enverrais avec celles-ci, afin d'exaucer plus honorablement leurs prières. Et je dis alors un sonnet, qui narre mon état, & je le leur envoyai

stato, e mandàlo a loro col precedente sonetto accompagnato, e con un altro che comincia : *Venite a' ntender*. Lo sonetto, lo quale io feci allora, comincia : *Oltre la spera*; lo quale ha in sé cinque parti. Ne la prima dico là ove va lo mio pensero, nominandolo per lo nome d'alcuno suo effetto. Ne la seconda dico per che va là suso, ciò è chi'l fa cosí andare. Ne la terza dico quello che vide, cioè una donna onorata là suso : e chiamolo allora *spirito peregrino*, acciò che spiritualmente va là suso e sí come peregrino, la quale è fuori de la sua patria, vi stae. Ne la quarta dico come elli la vede tale, cioè in tal qualitate che io nol posso intendere, cioè a dire che'l mio pensiero sale ne la qualità di costei in grado che'l mio intelletto nol puote comprendere; con ciò sia cosa che'l nostro intelletto s'abbia a quelle benedette anime, sí come l'occhio debole al sole : e ciò dice lo filosofo nel secondo de la *Metafisica*. Ne la quinta dico che, avvegna che io non possa intendere la ove lo pensero mi trae, cioè a la sua mirabile qualitade, almeno intendo questo, ciò è che tutto è lo cotal pensare de la mia donna, però ch'io sento lo suo nome spesso nel mio pensiero : e nel fine di questa quinta parte dico *donne mie care*, a dare ad intendere che sono donne coloro a cu'io parlo. La seconda parte comincia quivi : *intelligenza nova*; la terza quivi : *Quando elli è giunto*; la quarta quivi : *Vedela tal*; la quinta quivi : *So io che parla*. Potrebbesi più sottilmente ancora dividere, e piú sottilmente fare intendere,

accompagné du précédent sonnet, & avec un autre qui commence : Venez entendre. *Le sonnet que je fis alors commence :* Outre la sphère; *lequel a en lui cinq parties. En la première, je dis où va mon penser, le nommant par le nom d'un de ses effets. En la seconde, je dis pourquoi il va là-haut, à savoir qui le fait ainsi aller. En la troisième, je dis ce qu'il voit, à savoir une Dame honorée là-haut : (& je l'appelle alors* esprit pèlerin, *parce que spirituellement il va là-haut, &, comme un pèlerin lequel est hors de sa patrie, y reste). En la quatrième, je dis comment il la voit telle, c'est-à-dire en telle qualité que je ne la puis comprendre : c'est-à-dire que mon penser monte, en la qualité de celle-ci, à un degré tel que mon intellect ne le peut comprendre; attendu que notre intellect est à ces bienheureuses âmes, comme notre œil débile au soleil, & c'est ce que dit le Philosophe au second de la* Métaphysique. *En la cinquième, je dis que, encore que je ne puisse entendre là où le penser m'entraîne, à savoir à son admirable qualité, au moins j'entends ceci, à savoir que ce penser est de ma Dame, parce que j'entends son nom souvent en ma pensée. Et en la fin de cette cinquième partie je dis :* mes dames chères, *pour donner à entendre que ce sont des dames à qui je parle. La seconde partie commence là :* une intelligence nouvelle; *la troisième là :* Quand il est arrivé; *la quatrième là :* Il la voit telle; *la cinquième là :* Je sais moi qu'il parle. *Il se pourrait encore plus subtilement diviser & plus subtilement*

ma puotesi passare con questa divisa, e però non m'intrametto di piú dividerlo. E questo è 'l sonetto che comincia qui.

faire entendre, mais il peut paſſer avec cette diviſion, & auſſi je ne m'occupe pas de le plus diviser. Et celui-ci eſt le sonnet qui commence là.

Oltre la spera, che piú larga gira,
passa 'l sospiro ch'esce del me' core :
intelligenza nova, che l'Amore
piangendo mette in lui, pur su lo tira.
Quand'elli è giunto là dove disira,
vede una donna, che riceve onore,
e luce sí, che per lo suo splendore
lo peregrino spirito la mira.
Vedela tal, che quando 'l mi ridice,
io non lo 'ntendo, sí parla sottile
al cor dolente, che lo fa parlare.
So io che parla di quella gentile,
però che spesso recorda Beatrice,
sí ch'i'lo 'ntendo ben, donne mie care.

Outre la sphère qui plus large roule, – paſſe le soupir qui sort de mon cœur; – une intelligence nouvelle, que l'Amour – en pleurant met en lui, le tire en haut. — Quand il eſt arrivé là où il désire, – il voit une Dame qui reçoit honneur, – & tant luit, que pour sa ſplendeur – l'eſprit pèlerin la contemple. — Il la voit telle, que, quand il me le redit, – je ne l'entends pas, tant il parle subtil – au cœur dolent qui le fait parler. — Je sais moi qu'il parle de cette Gentille, – puisque souvent il rappelle Béatrice : – auſſi je l'entends bien, mes dames chères.

XLII

Appresso questo sonetto apparve a me una mirabile visione, ne la quale io vidi cose, che mi fecero proporre di non dire piú di questa benedetta, infino a tanto che io potessi piú degnamente trattare di lei. E di venire a ciò io studio quanto posso,

Après ce sonnet il m'apparut une admirable viſion, en laquelle je vis des choses qui me firent décider de ne pas dire plus de cette Bénie jusqu'à ce que je puſſe plus dignement traiter d'elle. Et de venir à cela je m'efforce autant que je peux, comme elle le sait véritablement. Si

sí com'ella sa veracemente. Sí che, se piacere sarà di Colui, a cui tutte le *bien que, si c'est le plaisir de Celui, pour qui toutes les choses vivent, que*

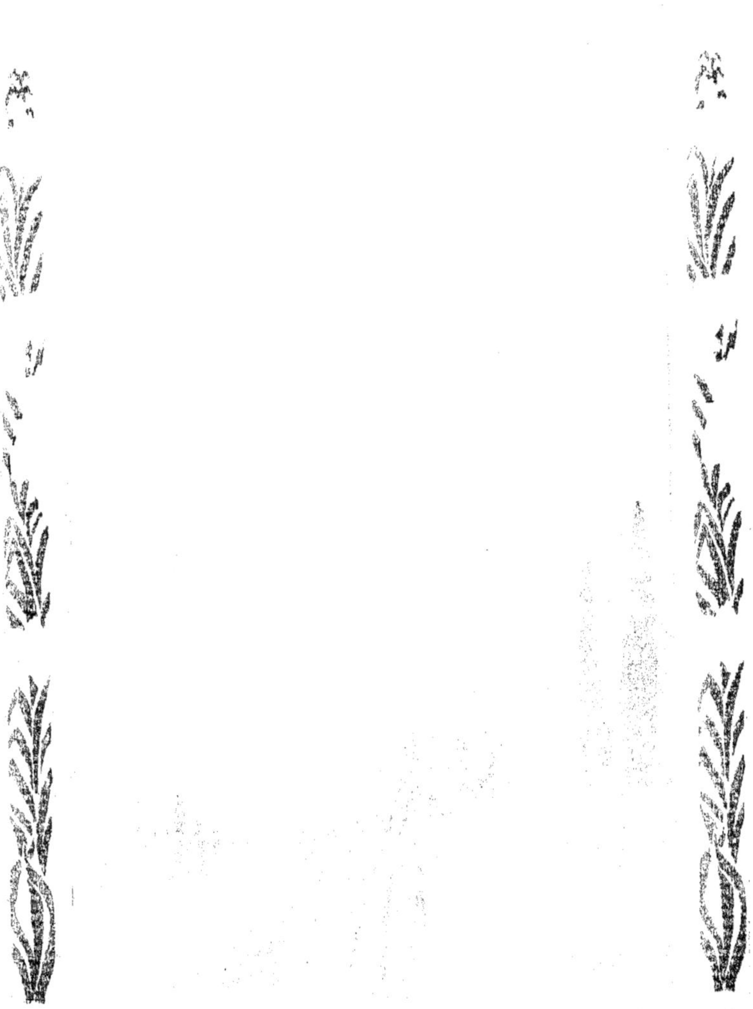

cose vivono, che la mia vita duri per alquanti anni, io spero di dire di lei *ma vie dure pour quelques années, j'espère dire d'elle cela qui jamais ne*

quello che mai non fue detto d'alcuna. E poi piaccia a Colui, ch'ee sire de la cortesia, che la mia anima sen possa gire a vedere la gloria de la sua donna, cioè di quella benedetta Beatrice, la quale gloriosamente mira ne la faccia di Colui, *qui est per omnia saecula benedictus.*

fut dit d'aucune. Et puis, qu'il plaise à Celui qui est Sire de la courtoisie, que mon âme s'en puisse aller à voir la gloire de sa Dame, c'est-à-dire de cette benoîte Béatrice, qui glorieusement contemple en la face de Celui, qui est per omnia sæcula benedictus!

CE LIVRE
IMPRIMÉ PAR L'IMPRIMERIE NATIONALE AVEC L'AUTORISATION DU GARDE DES SCEAUX, MINISTRE DE LA JUSTICE A ÉTÉ TIRÉ A CENT TRENTE EXEMPLAIRES
POUR LA
SOCIÉTÉ DU LIVRE CONTEMPORAIN
L'ILLUSTRATION A ÉTÉ GRAVÉE SUR BOIS PAR MM. JACQUES CAMILLE & GEORGES BELTRAND.

EXEMPLAIRE
IMPRIMÉ POUR
LA BIBLIOTHÈQUE NATIONALE

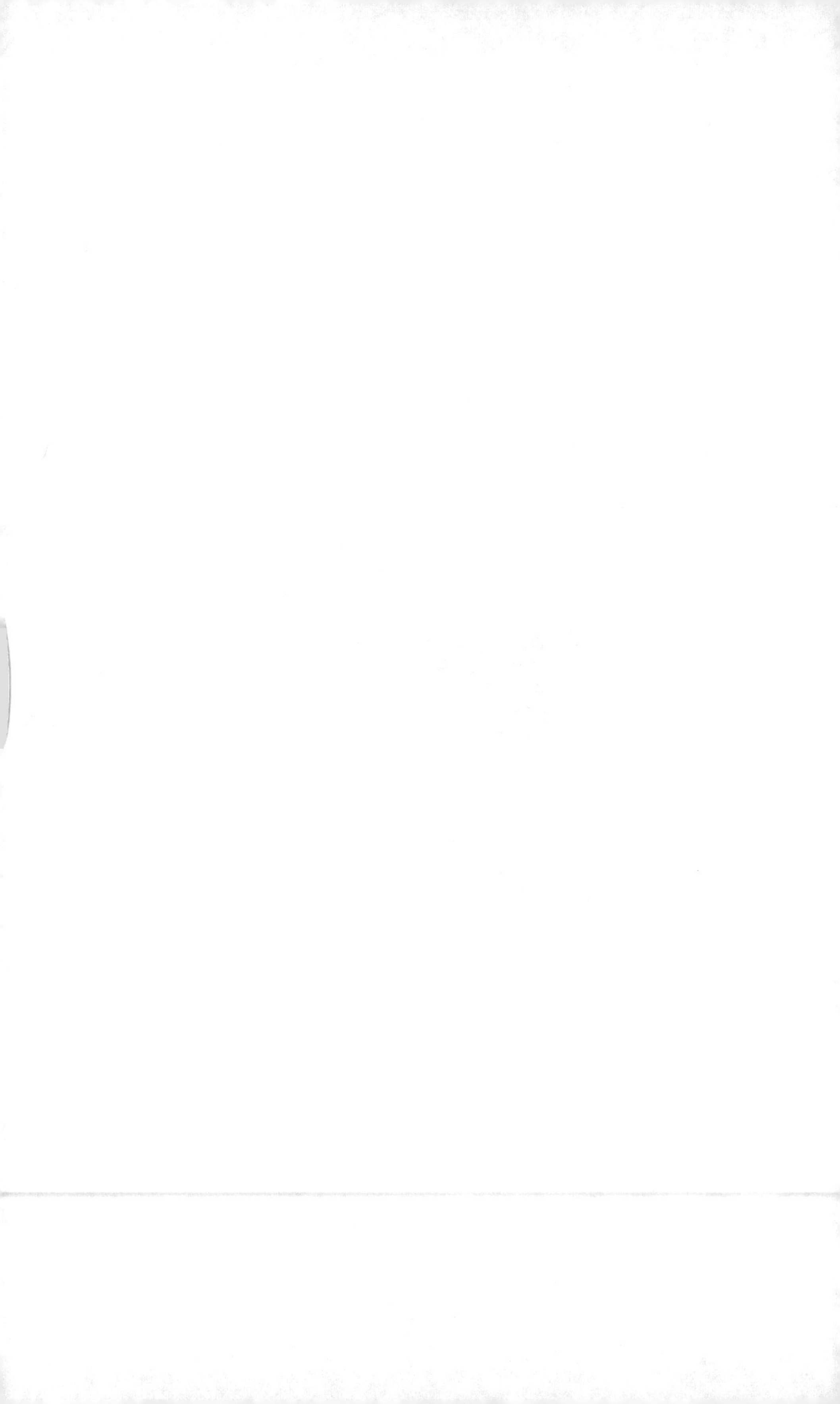

www.ingramcontent.com/pod-product-compliance
Lightning Source LLC
LaVergne TN
LVHW012019220826
846092LV00001B/408